启真馆 出品

六合叢書

蚁 占 集

张　治

ZHEJIANG UNIVERSITY PRESS
浙江大学出版社

丛书主编

吕大年　高峰枫

目录

新见罗念生译古希腊小说

　　罗念生自 20 世纪 30 年代初即开始依据原文从事翻译古希腊文学的工作，一直延续至其晚年，横跨半个多世纪。2004 年，上海人民出版社推出了十卷本的《罗念生全集》，旨在全面呈现其译、著两方面的成就，然而未能网罗其中的遗稿甚多，于是在 2007 年又出版了一册"补卷"，而整理者在前言中仍然感觉还有若干散落的佚文，有待进一步收集。

　　近日无意中发现 1947 年的四川成都《民友月刊》上曾经连载过罗念生译的《达夫尼斯和克罗伊》，得友人协助找来原刊的扫描件。由此知该译稿发表于《民友月刊》第 2、3 两期，题为"达夫尼斯和克罗伊（希腊牧人故事）"，署名"隆加斯（Longus）著，罗念生译"。第 3 期标题下补"续完"二字，结尾则以括弧注"第一卷完"。查 Longus 之 *"Daphnis and Chloe"* 凡四卷，罗念生在此翻译的正是小引及第一卷的内容。《全集》"补卷"中收有一篇《达夫尼斯和克罗伊（中）——希腊牧人故事》，原载于 1948 年 1 月 11 日的《中央日报·副刊》，署名隆加斯著，罗睎译，无头无尾，实际上就是《民友月刊》已经连载过的一部分内容（见于第 3 期）。

据周健强《罗念生年表》，1943 年春至 1947 年秋，罗念生一直在四川成都工作，先后任教于川大外文系和成都多所中学以及成都空军机械学校，其间在成都多家报纸发表作品。成都《民友》的主办人是哲学家陈筑山，他早就写过神游古希腊之境地的《哲学之故乡》一书（1925），想必对于罗念生提供的这部译稿极有兴趣。

考古希腊文学中小说一体，初兴于西元 1 世纪（莎草纸文献中有 *Ninus Romance* 残篇，或以为出自西元前 1 世纪，今人已知不足为据）。Longus（约 2—3 世纪）的这部小说虽不甚早，却是最为历代读者称赏的一部，被立为近代早期之田园小说的古典楷范。吉尔伯特·默雷的《古希腊文学史》将之赞为最具艺术特质者，歌德亦言此书值得每年重读一遍且常读常新。小说以萨福故乡 Lesbos 岛一对牧人青年男女的爱情遭遇为主题，描绘两千年前爱琴海岛屿上的田园风光，其浪漫抒情的风格，开启后世罗曼司体叙事文学的传统。1986 年，水建馥根据 Loeb 古典丛书本译出全文（王焕生校订，罗念生审阅），作者译作“朗戈斯”，书名题作《达夫尼斯与赫洛亚》，与“卢奇安”（Lucian）的《真实的故事》一并由人民文学出版社出版。1988 年罗念生主编《古希腊罗马文学作品选》，其中就收录了水建馥翻译的第一卷（附作者简介和其他三卷内容简介）。罗氏究竟是有意还是无意地遗落了自己的旧译，我们不得而知。不过通过比对罗译、水译与原作，大概会令人有一个印象，即罗念生翻译这部作品未必依据了古希腊原文，比如"小引"第一段，写仙女林中所见的一幅图画，罗译作："那林子真是美极了，树木长得密茂，到处点缀着花朵，当中有泉水灌溉，流成小河"，原文用字颇省，如 πολύδενδρον, ἀνθηρόν，只是多树木花卉之义，其后亦无"流成小河"这一内容。如果我们对照 1916 年旧版娄卜古典丛书的英译，这段作：

The grove was very pleasant, thick set with trees and starred with flowers everywhere, and watered all from one fountain with divers meanders and rills.

大体和罗译正相符合。而多年之后的水建馥译文是："那丛林很美，其中有丛树，有花卉，有流水，有一口清泉，滋育着树木花草"，则贴近原文的句法和风格。

（《南方都市报·阅读周刊》2013 年 1 月）

旧译古希腊小说偶见

　　前段时间，我发表了一篇关于新见罗念生译古希腊小说的短文，此后不久，又找到一篇同类作品的汉译，即 1944 年 8 月《艺文杂志》第 7、8 期合刊所载《帕塞纽司爱情传奇选》，译者署名"张溥"。《艺文杂志》是抗战后期华北沦陷区出版的文艺刊物，标榜与政治运动无关，译介多以日本文学为主，周作人、沈启无、废名、俞平伯、纪果庵、钱稻孙、傅芸子、毕树棠、常风、南星、周作人之子周丰一等人都常在此发表文章。"张溥"看来是个笔名，然仅此一见，我孤陋寡闻，找不到其他线索。

　　"帕塞纽司"者，就是 Parthenius of Nicaea，这篇译文篇末介绍说：

　　　　帕 [帕] 塞纽司据苏达司 Suidas 的"辞书"（Lexicon）所载是尼开伊阿（Nicaea）或米来亚（Myrlea）人，他是一个挽歌诗人。他在罗马人打败了米特利达特（Mithridates）时被客那（Cinna）所俘，但是因为他的学问渊博未被杀死，一直活到提比留（Tiberius）御价 [驾] 的时候（公元后一四至三七年）。他……还有许多其他的作品。有人说他曾作过罗马的大诗人委琪尔（Virgil）的希腊文导师。他与科涅流司加卢司 [按，指译文中出现过的 Cornelius Gallus] 很有友谊，这可以从他的"爱情传奇集"的献词知道 [，] 而加卢司与委琪尔的关系非常亲密，那末，怕 [帕] 塞纽司与委琪尔的关系似乎不容怀疑。在古典文学中他以散文的故事"爱情专 [传] 奇集"名。这是一部故事纲要的集子，多半是属于小说与神话，对于希腊神话的研究与希腊专集 [传奇？] 小说中爱情故事的发展很重要。他所与我们的趣味也在此。

对照可知，这段介绍译自 Stephen Gaselee 在 1916 年娄卜古典丛书本所作导言的第一、二部分，这个旧娄卜本题为 *Love Romances*，是第一个英译本。2009 年娄卜丛书新出的 J. L. Lightfoot 编译《希腊化时期作品集》（*Hellenistic Collection*），其中也更新了帕塞纽司的这部作品，英译改题 "Sufferings in Love"，除了研究文献的搜辑增补之功，具体的译文也更臻精准。但在 20 世纪 40 年代的条件下，以英语学术的范围来看，Gaselee 此译本是唯一选择。

新旧英译本题目的改变在于去除"传奇"或罗曼司

（Romance）这一具有中古叙事文类特色的名称，改成更接近原题 *Erotica Pathemata* 的含义。自从 Dunlop 那部宏大的《小说史》以来，人们习惯于把古希腊人的几部叙事作品（包括 Chariton 的 *Callirhoe*、Xenophon of Ephesus 的 *Ephesian Tale*、Longus 的 *Daphnis and Chloe*、Achilles Tatius 的 *Leucippe and Clitophon*，还有 Heliodorus of Emesa 的 *Aethiopica*），都称之为 Romance，比如罗念生译过的那部《达夫尼斯和克罗伊》（*Daphnis and Chloe*）即是。不过，严格意义上说，帕塞纽司这部作品并不被列入古希腊文学的这个系列里（Dunlop 书中甚至未曾提及），未曾将某对相爱的男女主人公列为主脑，铺陈出缠绵悱恻、扣人心弦的情节。但它的确是部散文体的故事集，依照我们今天对于小说的理解，勉强也可以归为这一体裁。我们从上面那段中译本介绍也可以看出来，帕塞纽司生活在罗马共和国与帝国之交，正是希腊化时代的希腊学术文化被罗马人广泛吸收的时代。他被征服者俘虏，因学识而得以生存，于是结交和影响了不少罗马文人，除了维吉尔和加卢司，还有诗人 Helvius Cinna（可能就是俘虏他的"客那"本人或其子），可能也与大诗人卡图卢斯（Catullus）结识。这部故事集摘自希腊古典文学作品，旨在为罗马人提供相关的典故和素材。因此可以说，虽然帕塞纽司只是个用希腊文写作的小作家，却对于后来的拉丁文学颇有贡献。

原书共有 36 个故事，"张溥"翻译了献词和其中的 6 则，即第一、五、六、八、九、十。从中可以看出译者取舍是有用心的，比如第一（Lyrcus）、五（Leucippus）、八（Herippe）、十（Leucone）都是今天惟见于帕塞纽司一书的故事，第六（Pallene）、九（Polycrite）两则虽然也有他人叙述，但大体都晚于是，去掉的第二（Polymela）、三（Evippe）、四（Oenone），是先前的古典作家多有涉猎的，而第七则（Hipparinus of Heraclea）虽也鲜见，但是同性恋题材，又涉及反抗暴政的，遂也被略去。

顺便提及，邻国日本关于这部故事集有完整的译本，依照原作题旨译作"恋の苦しみ"，意即"爱情的苦痛"，收入于2004年"西洋古典丛书"中所刊《希腊恋爱小曲集》（中务哲郎译）一书。

中译者"张溥"在介绍的结尾特别提到帕塞纽司此书对于希腊神话研究的价值，有意思的是，就在这期的《艺文杂志》上，周作人发表了那篇著名的《希腊的馀光》：

> 谈到希腊事情，大家总不会忘记提及他们的爱美这一节的，列文斯顿……说，……希腊乃有更上的美，这并非文字或比喻或雕琢之美，却更为简单，更为天然，更是本能的，仿佛这不是人间却是自然如自己在说话似的。比诗歌尤为显明的例是希腊神话的故事，这正是如诗人济慈所说的希腊的美的神话，同样的出于民间的想象，逐渐造成，而自有其美……不过传述既成的故事，也没有多大意思，还不如少为破点工夫，看其转变之迹，意义更为明显。希

腊神话故事知道的人不少，一见也似平常，但是其形状并非从头就是如此，几经转变，由希腊天才加以陶融剪裁，乃始成就。……希腊民族乃是"造像者"，如哈理孙女士在《希腊神话论》引言中所说，他们与别的民族同样的用了宗教的原料起手，对于不可见的力之恐怖，护符的崇拜，未满足的欲望等，从那些渺茫粗糙的材料，他们却造出他们的神人来。

周作人非常重视以古希腊人自写的那些神话故事，这比经过罗马或后世作家改写的更有原本的气味与风貌。1934年周作人著文说："阿坡罗陀洛斯的《书库》（*Bioliotheke*）与巴耳德尼阿斯（Parthenius）的《恋爱故事》，这是希腊神话集原书之仅存者"。就在帕塞纽斯这篇故事选译发表的两个月之后，周作人又在《艺文杂志》上连载他重译的《希腊神话》，此书的原本，即托名"阿坡罗陀洛斯"（Apollodorus，活跃于公元前144年前后）所作的《书库》，实际上是仅比帕塞纽司的《爱情传奇集》略早不久成书的一部作品。因此缘故，虽然我不敢断定这个取意于崇前后七子、反公安竟陵之明代作家的笔名背后就是周作人，但是猜想这个中译本应多少与他有些关系。

林纾译过丘吉尔的小说

名目众多的林译小说中，有一部《残蝉曳声录》，1912 年连载于《小说月报》，1914 年出版单行本，题为"哀情小说"，"英国（议员）测次希洛著"。这部作品在林译小说里面毫不起眼，曾宪辉就说它远不如《离恨天》（曾宪辉《林纾》，第 336 页）。重视此书的人，也无非只读了读林纾的译序，引几段话，来说明他对革命的看法。常见到诸如"试图分析罗兰尼亚爆发革命的原因"（《林纾》，第 244 页），"借罗兰尼亚人民革命前后的情况表达自己对辛亥革命后中国形势的思考"（谢晓霞《〈小说月报〉1910—1920：商业、文化与未完成的现代性》，第 117 页）；"这部小说描写了罗兰尼亚人的革命过程。书中写的国君的险暴凶残、议员的忿戾、百姓的怨望种种因素，导致了革命的爆发"（孔庆茂《林纾传》，第 131 页）这样的介绍。可令人产生疑问的是，"罗兰尼亚"，是个什么国家，哪朝哪代，有这么个地方呢？

林纾的译序，是这样说的：

残蝉曳声者，取唐人蝉曳残声过别枝之意。讽柳素夫
人之再嫁沙乌拉也。当时罗兰尼亚人，恶专制次骨，故并
国王之所爱而衅之。史所不详，余亦未审柳素之有无其人。
但书中言革命事，述国王之险暴、议员之忿明、国民之怨
望，而革命之局遂构。呜呼，岂人民之乐于革命邪？……
此书论罗兰尼亚事至精审，然于革命后之事局多愤词，译
而出之，亦使吾国民读之，用以为鉴。

所谓"史所不详，余亦未审……有无其人"，还是不把小说
当小说看，而是认为可能实有其人事的，至于结尾又说"此书
论罗兰尼亚事至精审"，倒好像又真有这么段史事了一样。几年
前读这部小说时，最令我困惑的便是"罗兰尼亚"这个名称，
从小说描述的地理位置看，似乎是西班牙或意大利；从人物关
系与风俗看有大英王国的影子；而第六章言"罗兰尼亚初为共
和国……近年以来，慕拉拉为专制国主"云云，他处又言该国
与英国商谈南斐洲事，又可能是指荷兰，但到处也找不到"罗
兰尼亚"这一别称，而书中描述之革命似乎也对不上号。

近日翻看他书，忽然得解。原来"罗兰尼亚"果然是一
虚构名称，即 Laurania 之谓也。所谓的"测次希洛"，并非他
人，正是后来大名鼎鼎的英国首相丘吉尔（Winston Churchill,
1874—1965）。小说原作题为《沙乌拉，罗兰尼亚革命记》（*Sav-*

rola: A Tale of the Revolution in Laurania），成书发表于 19 世纪末，是丘吉尔平生所作的唯一一部虚构性作品。他写这部小说时，不过 20 来岁，还在东方世界作为一名大不列颠的军官四处服役。林纾翻译这部小说时，他已经是一名议员了。

Savrola 是小说男主人公的名字，林纾译作"沙乌拉"。"柳素夫人之再嫁沙乌拉"中的柳素就是女主人公，罗兰尼亚国王慕拉拉（Molara）的娇妻。沙乌拉是反抗暴君专制的领袖，慕拉拉定下美人计，打算派遣自己年轻美貌的夫人去引诱沙乌拉，不料妻子反而被革命首领的魅力所吸引，成为他的忠实爱人。林纾序言说得明白，中译本的题目用的是"蝉过别枝"的典故，出自唐代诗人方干七律《旅次洋州寓居郝氏林》中的"鹤盘远势投孤屿，蝉曳残声过别枝"，则可知一贯道德感强烈的琴南先生以此讽喻柳素的重抱琵琶、不守妇道。小说结尾，革命军迅速地侵入首都，赢得了巷战，国王在宫中惨死。沙乌拉并未预见到革命的残酷，他在起义之初便失去了领导权，在惧怕与哀伤之中携柳素逃走，于远方观望化作废墟的都城。在民国后以遗民自居的林纾，将此书定位于"哀情小说"，其怀抱自然不难想见。但我们读林译的末句："此国虽经破坏，而治定功成，遂为富强之国"，则从大处长远着眼，似乎又不是彻底反对革命的。

丘吉尔的这部小说，虽也不能算得上什么文学巨著，有时却也是书以人传，在英语世界广为人知。看维基百科上转引的研究资料颇有趣，说那柳素夫人是以丘吉尔母亲为模特的，而沙乌拉则明显带有丘吉尔本人的痕迹。这位二战时期方显出英雄本色的大人物，毕竟也获得过了一次诺贝尔文学奖。如此说来，林纾真是"慧眼识珠"，早在数十年前就翻译了他的小说。尽管最早译介诺贝尔文学奖得主的成果应该判给翻译显克微支（1905 年得奖）的吴梼（1906），但我们既然知道了《残蝉曳声录》的作者身份，是不是也要对这部一向受冷落的翻译小说格外地高看两眼？

《南方都市报·阅读周刊》2012 年 8 月）

新见晚清翻译小说《奇言广记》

最近在专卖旧书的网站"布衣书局"看到一部晚清文献，题为《奇言广记》。凡上、中、下三卷，署"美国林乐知译、古吴沈毓隐笔述"，书名页的题词时间、和林乐知序的落款时间都是光绪庚辰秋八月，即1880年仲秋。林乐知（Young John Allen，1836—1907）是著名的美国新教在华传教士，当时正在上海办《万国公报》，翻译过一些西方史地、政治的读物。我们知道毓隐庐是《万国公报》华文主笔沈毓桂（1807—1907）的别署，此人也颇好译述西学。

林乐知为此书所作序说：

> 宇宙间奇奇怪怪之事，真令人不可思议、不可猜度也。溯数百年前，欧洲各国骚人奇士，驾言出游，凡耳所未闻，目所未睹，一旦寓于目、入于耳者，不禁快然叹曰：……迨归故国，或与有剧谈于一室，或泚笔汇记于一编，诚以

奇怪之事，宣于奇怪之言，出于奇怪之笔矣。兹有孟高升者，日耳曼人也。性情高旷，言语惊异，曾于百年前有志四方，迹遍寰区。其间闻见，悉是奇奇怪怪，反而告诸二三知己，是真是假，可信可疑，质于诸君。请臆度之，孰真孰假，孰信孰疑……友人闻其言遂摹于书。今余值馆课之暇，就西文口译，倩友人梅溪垂钓叟笔述。共一十七章，汇集一册。颜其名曰"奇言广记"，足以壮天壤之奇观，亦足以纵人世之异闻。是书刊成，以博一笑。

　　因为熟悉底本，一看这篇序以及正文开篇内容，即知此书来历。日耳曼人"孟高升"者，只是著名童话《吹牛大王历险记》中主人公的名字，今日一般译作"闵豪生男爵"（Baron Münchhausen）。闵豪生真有其人（1720—1797），是汉诺威地区的一个贵族，当雇佣兵去俄国服务，参加了与奥斯曼土耳其帝国的战争。升了官，退休在家赋闲作庄园主。茶余饭后，讲起自己往昔在俄罗斯的经历，为人所传说。在他去世前就已有人写成小说，最为著名的是 Rudolf Erich Raspe（1736—1794）以英语写的《闵豪生男爵讲述他在俄国的奇妙旅行与战役》（*Baron Münchausen's Narrative of His Marvellous Travels and Campaigns in Russia*，1785）和 Gottfried August Bürger（1747—1794）根据 Raspe 英文本翻译并改写的《水陆奇闻》（*Wunderbare Reisen zu Wasser und zu Lande: Feldzüge und lustige Abenteuer des Frei-herrn von Münchhausen*，1786）。其中的一些脍炙人口的情节，比如闵豪生自吹用猪油猎取几十只野鸭，坐炮弹揪头发飞行，等等，便是我童年时代所津津乐道的故事。在搜寻《中西因缘》一书相关题目的资料时，曾注意到《吹牛大王奇遇记》还有晚清译本，即 1904 年公洁编辑、谔谔译的《孟恪孙奇遇记》（上海作新社，1904 年）。还有包天笑译的《法螺先生谭》、《法螺先生续谭》（1905 年），是由日文版转贩而来。民国时期则有魏以新译本，题为《闵豪生奇游记》（上海华通书局，1930年），还有赵馀勋译述本，题作《海外奇谈》（上海少年书局，1933 年）。

就我浅陋的见识，以为这部 1880 年出现的外国文学中译本有几个意义：首先，《奇言广记》可算是晚清翻译小说史比较前驱的一个重要文本：虽然林乐知序言道其翻译动机，不过是满足中国读者的猎奇心理，但比较 1872 年《申报》刊载的《格列佛游记》片段（题为《谈瀛小录》，改写成中国人故事）之类的作品，小说译文在铺陈荒诞不经之事件的篇幅结构上大有进步，相比之下实写社会生活的《昕夕闲谈》虽然也篇幅可观，但其实也并非完整呈现原书。

其次，《奇言广记》的翻译有意识地采用了一部分白话，我们可以开篇为例：

孟高升曰：有一回我从日耳曼起行，到俄罗斯国。适值冬天，途上泥泞寒凝坚结。一路骑马扬鞭快跑，甚属适意。但北地风高愈北愈冷，所带衣服仅堪蔽体而已。目睹穷人俯伏戁悚，我见心伤，脱衣相赠。忽然天上有声话子："呀！尔今发此善心将来必有善报也。"

这也属于比较早期的白话翻译之一例，这虽然不及《天路历程》等基督教读物的各种白话译本，可比裘毓芳在《无锡白话报》上翻译《伊索寓言》早多了。

再次，作为重要的儿童文学作品，《奇言广记》的选材已经超出 1898 年之前教会儿童读物专门改写宗教宣传品和传统寓言故事的范围。这可能是林乐知他们强调实有其人、据言直录的缘故，把这部儿童故事改写得好似一部旅行回忆录，如此正好回避和化解读者对于文本性质定位的思考和疑惑。施蛰存编选《中国近代文学大系·翻译文学》时，第一卷本来所拟"各国文学史上有名望的作家、作品"，其中打算收入译文全书的，就有清末的《孟恪孙奇遇记》（见其 1988 年致范泉信），《奇言广记》的发现，则为这一眼光提供了个可选择的更早译本。

我在《万国公报》光绪六年十一月七日号（1880 年 12 月18 日）这一期的末尾找到一点儿与《奇言广记》相关的材料。是一位名叫龚其鼎的人物发表的两首诗作，题为《读奇言广记一书不胜钦佩偶撰拙句二章录请大吟坛教正》。其一云："奇书人眼豁尘襟，顿触吟怀不自禁。博物张华推第一，恐今退让也倾心。"其二云："浪说惊心迥不侔，广人学识信无俦。当年干宝搜神记，犹觉襟怀逊一筹。""大吟坛"当指沈毓桂。这位龚先生生平待考，他读了"吹牛男爵历险记"，以为胜过了《博物志》、《搜神记》，虽说有恭维客套的嫌疑，这个比附的角度还是很有意思的。

补记：拙文发表后，北京大学历史系的陆扬教授在微博上指出，根据刊本所附古斯塔夫·多雷所绘插图（作于 1862 年），林乐知所用的底本应该是当时最流行的"伦敦书商 Cassell，Petter and Galpin"所刊英译本，初版于 1865 年。这是我本该做的底本调查工作，一时疏忽了。在此向陆教授谨申谢忱！

"法漫"中的古物写生

　　就读书人的趣味来说，看漫画书也算得上是一种好玩的消遣。不过爱读哪个类型的漫画，倒是见仁见智的事情。有人喜欢看美国以肌肉超人或"Bad Girl"为主角的Comics，那些靠超能力天天拯救世界的画本多为小16开大小，薄薄一册，长年连载发行，在漫画书店经常是摆得密密麻麻，随你挑选。我个人觉得，早期的"美漫"颇像80年代初期街头小摊卖的那种洋画片，线条粗拙，用色是大红大绿，艺术品味不高。后来则兼用电脑绘图上色，变化虽多，却依然缺乏艺术感。尤其是我本人缺乏从小培养的爱好，实在弄不清楚那么些超级英雄（还有变形金刚）是怎么区分的，翻看起来其实都是大同小异的题材。20世纪80年代就有人出过超级英雄的百科全书。后来漫威公司也有他们自己的超人手册，数下来不下上千位正派而又彪悍的主人公。至于日本的Manga，我只能接受其中的一小部分讲求精细绘饰的作品，但日式漫画的情节往往带有过多功能性的特征（励志、抚慰、教育、娱乐），且絮叨不休，易令人产生倦意。而且大多属于黑白制图，显然也是一种多产多销的消费品。"日漫"在中国一直有很大的市场，无须我再多加鼓吹；"美漫"由于影视工业的渗入，目前国内也有大批青少年爱好者。然而，真正令我着迷的"法漫"却一直没在中文世界形成很大的影响。

所谓"法漫"，指的是法语世界的 La Bande Dessinée（意即"装订成册的图画"，缩写为 BD）。早期代表人物有创作《丁丁历险记》（以下简称丁丁）的埃尔热这样的比利时人，我们牢记大侦探波洛每次被误认为法国人时的恼火，也必须强调"法漫"也并非只是法国的漫画了，毕竟讲法语的比利时才是真正的法漫大国。法漫大都是彩绘本，但它比美漫更注意整体效果和局部色彩的协调，一般是相邻几页有一个基本的色调，逐渐变换。这也决定了场景的节奏如同戏剧舞台的分幕一样，考验着整体故事的结构布局。埃尔热早期创作的《丁丁》是黑白制图，后来陆续修补改版成页面阔大的彩图。上世纪 80 年代国内引进的黑白图本，却并非重视初刊本，实是将彩图版又改回去的。周克希先生翻译过 BD 本的普鲁斯特《追寻逝去的时光》上册，曾有读者凭感觉便说出自《丁丁》作者之手，虽然荒唐，却也算注意到其相似的风格。

以成年人的眼光看《丁丁》，我觉得更为吸引人的，是《法老的雪茄》、《奥托卡王的权杖》、《太阳神的囚徒》这几部。彩图版大开本有一个优长，在于从细节上展示历险者身边的一切环境。这令我们想起法语文学传统中巴尔扎克所追求的那种

"具体事物的符号学"。根据今天公布的资料，我们可以看到埃尔热如何搜集绘图所需要的素材，《蓝莲花》中所有的中文不仅有意义，而且还有历史文化背景和反帝国主义侵略的意味，这自然要得益于埃尔热的中国朋友张充仁。《奥卡托王的权杖》虽然是杜撰了一个西尔达维亚国家，但描述此国建邦历史时却丝毫没有粗制滥造，那幅根据莫卧尔王朝细密画而创作的大图实在具有强烈的效果。《丁丁历险记》的这种风格叫作"图解式"（Schematic Style），注重明晰的线条（Ligne claire）和复杂细致的景物描绘，这与19世纪以来欧洲的各种漫画刊物不无关系，尤其是与法国出版的《小日报》（Le Petit Journal）、《小画报》（Le Petit Illustré）、《小法兰西画报》（Le Petit Français illustré）等石印彩图印刷物有密切的因缘。至于企图要在漫画书中再现古代名物之光辉，让故事人物在真实可感的历史环境中展开活动，必然对于核心故事的周遭事物要有一种充分的好奇心和注意力。《法老的雪茄》便借用了大量埃及学的经典图绘，法语世界的读者们显然喜爱这种态度，我们至少可以把这个传统追溯到拿破仑埃及远征军中所诞生的那部系列名物画册《埃及图志》（Description de l'Égypte，第1版共23册，问世于1809—1818年；第2版共37册，问世于1821—1826年）。

埃尔热的合作者们大多也跻身法漫名家之列，比如《巴莱利》（Barelli）和《航海少年柯里》（Cori Le Moussaillon）的作者鲍勃·德穆尔（Bob de Moor，1925—1992）、《津野洋子》（Yoko Tsuno，香港版中译本题为《海羽传奇》）的作者罗杰·勒卢（Roger Leloup，1933—　　），以及格莱格（Greg，1931—1999）等人。甚至《蓝莲花》的合作者张充仁，在回中国后所教过的学生中，也出现了好几位连环画名家。我非常喜爱《航海少年柯里》，描述 16 世纪末期西班牙、不列颠两国的海上争霸故事。德穆尔善于描绘古代船只，在编写脚本方面也能够创造出引人入胜的故事。风格上与《丁丁历险记》最为接近的是《巴莱利》以及《布莱克与莫提摩历险记》（*Les Aventures de Blake et Mortimer*），后一部的作者是比利时人埃德加·雅各布斯（Edgard Félix Pierre Jacobs，1904—1987），他为《法老的雪茄》设计过舞台剧的布景，还参与过多部早期黑白版《丁丁》的彩图改版和《七个水晶球》的绘制工作，他热衷于"强迫"埃尔热去欣赏歌剧，被后者画成了《丁丁》中那个被称作"米兰夜莺"的女歌手。他所塑造的布莱克与莫提摩这一对友人分别是英国的科学家与军情五处的要员，漫画书围绕着他们的历险故事展开，早期故事是冷战时代的间谍战，后期则更多融入了科幻因素。即使这种题材，雅各布斯也忍不住想要提一提他喜欢的古埃及，系列中有分成两册的《大金字塔的秘密》，教主人公的谍战故事在满是古物的金字塔内部展开。

　　不过要是谈起"法漫"中的古物写生本领，更伟大的人物，是曾参与埃尔热《神秘的雪人》、《红海鲨鱼》、《绿宝石失窃案》等作品脚本写作和场景描绘的雅克·马丁（Jacques Martin，1921—2010）。他创作的《阿利斯》（*Alix*）是我认为最伟大的历史漫画。从 1948 年第一集问世以来，他独立完成了前十九集，又与他人合作完成了九集（因有其他画师加盟，专门负责描绘古代世界的细节，从此只负责脚本的马丁专心投入于情节与对白上，这使得后期作品变得更为复杂），他去世后至今又出版了六集。一般认为第二十三集情节枯燥，是最差的一部，但我看来，在马丁临终前由 Ferry 绘图的第二十八集《沉没的城市》（写布列塔尼故事），画风完全不能和整套书保持一致，才是最为糟糕的。第二十九集题为《恺撒的遗嘱》，从封面到部分情节来看都有悼念马丁的意思，由 Marco Venanzi 执笔的绘图风格回归以往的水准，甚至令读者们纷纷赞叹马丁后继有人。

在这部漫画中，主人公阿利斯生活在尤里乌斯·恺撒的时代，父亲生前是高卢人的一位部落首领。他成为孤儿后被变卖为奴到亚述地区，后来由一位富有的罗马贵族、罗德斯岛的行政官霍诺鲁斯·伽拉（Honorus Galla）收留，谁也没能料到，这个伽拉当年做过恺撒高卢战争的百夫长，正是他带兵击败了阿利斯的父亲，并将稚子卖为奴隶。伽拉将阿利斯带到罗马不久后便去世了，阿利斯逐渐凭借他的英勇智慧，开始了他各种非凡的冒险经历。在埃及他结识了一位名叫厄纳克（Enak）的当地少年，成为一同行走天下的患难之交。他们富有正义感，不畏豪强，时常有行侠仗义之举，面对各种民族风俗都怀有好奇与宽容的心意，尤其反感罗马军团恃强凌弱的作风，一再与贵族势力进行抗争，我想这是能够深入人心的最重要一点。

这部漫画所涉及的古代世界是极为丰富的。比如在第一集中，开篇即出现豪尔萨巴德（Khorsabad）充满大型浮雕的亚述宫殿，这个场景后来变成第二十五集"前传"故事的主题；阿利斯的回乡路程遇到了亚美尼亚地区的部落，关于这里，法兰西学院院士雷纳·格鲁塞（René Grousset）除了我们所熟悉的《草原帝国》、《东方的文明》，还曾写过权威的《亚美尼亚史》，其中所描述的古老民族 Haïkane 便在关键时刻解救了漫画人物。阿利斯还经过了希腊人在安纳托利亚的古代殖民地特里比宗（Trébizonde），那就是色诺芬在《长征记》中走出波斯帝国所遇到的第一个希腊化城市。之后他乘船到了罗德斯岛，看到了"世界奇迹"之一的太阳神巨大铜像，这是极为不合史实的，因为据记载该巨像早在西元前 226 年即毁于地震，并且未曾重建。第四、十六集中出现的巴比伦空中花园和巴别塔，也未必能在恺撒时代还存在世间。类似这种"穿越"剧情，还比如第七集《末日斯巴达》中出现了该城邦几百年前的名将，作者杜撰了一个复兴了的秘密斯巴达城邦，其中为了凸显女性在当地地位的高尚，还特意设立了一位女王。漫画家还在某集中虚构了斯巴达克斯之幼子，展开了一个悲剧的故事。雅克·马丁对远东古代的历史之所知，还不足供他在新的画集中保持一贯的严谨，第十七集的主人公由印度漫游到了中国，正值汉宣帝在位，但桥上有石狮子，又有大型石窟佛像，都属于"关公战秦琼"的噱头。第二十六集《伊比利亚》中恺撒部曲在西班牙遇到的土著头戴贝雷帽，虽然也不尽可信，却颇有讨喜的效果。

《阿利斯》的第二集《受诅咒的岛屿》写迦太基故事、第四集《奥利巴尔的权位》写安息帝国故事，第十一集《尼罗河王子》写努比亚故事，第十五集《希腊童子》写雅典故事，第十六集《巴比伦塔》写耶路撒冷和巴比伦故事，较多背景涉及古代建筑的绘图，都是非常精准甚至华丽的。第九集《蛮夷神祇》问世于 1970 年，故事发生在是居勒尼（Cyrene）的希腊化城市阿波罗尼亚（Apollonia），那是创作漫画时利比亚正在进行着的考古发掘场所。有时剧情也受到现实世界的干扰，比如漫画家几次写到迦太基对罗马的潜在威胁时，都设计了类似辐射物的某种发光怪石，有人就据此猜测是对冷战时代核武器竞赛的影射。

有些"时代错谬"显然是刻意经营的手法，雅克·马丁及其后继者们想要产生一种历史学考据癖的漫画书，让各种古代文明曾有的壮观景象经由主人公的漫游而串联起来。《阿利斯》之外还有几种相关系列，其中马丁未曾参与的《阿利斯讲故事》（*Alix Raconte*）系列便将阿利斯任意置于其他时代，担任伟大事件的叙事者或目击者。至《阿利斯之旅》（*Les Voyages d'Alix*）系列中则完全放弃故事，变成了彻头彻尾的名物图示漫画集，只不过阿利斯与他的好友时常作为点缀出现在画面中而已。后一个系列规模庞大，已经出版了近 40 册，其中的题目有古巴黎（即卢泰西亚 Lutèce）、古维埃纳、古里昂（Lugdunum）、古马赛、古代普罗旺斯，还有尼姆的加德水道大桥（Le Pont du Gard），那是古罗马人修建的水渠，这些都是法国境内的古迹所在地，每册图集对其中一处根据考古成果进行想象的还原，并附有相关图文资料。其他题目则还涉及到了罗马、希腊、埃及、迦太基、伊特鲁里亚、耶路撒冷、波斯、安息、中国，甚至还有玛雅与阿兹特克。

雅克·马丁把埃尔热所体现出的"明线"图解式漫画书的写实特长逐渐发挥到了极致。他的作品贯彻了巴尔扎克《人间喜剧》前言中所推崇的法兰西院士巴忒勒密（Jean Jacques Barthélemy，1716—1795）以文艺补充历史研究空白的思想，这位学者著有一部上千页的长篇小说《青年阿纳卡西斯希腊游记》（*Voyage du Jeune Anacharsis en Grèce*，1789），以虚构人物的漫游经历再现古代世界的风俗人情，结合详实之考据与生动之想象的虚实两面，使得过去那些书斋中的生硬刻板的资料产生了活泼的新鲜感。近年雅克·马丁的追随者们又创造了《元老阿利斯》（*Alix Senator*）这部系列，写阿利斯很多年后成为元老院议员的故事，已经出版了三册。

雅克·马丁还有几部作品，特别受欢迎的《勒弗朗》（*Lefranc*），可视作现代版的《阿利斯》或是马丁版的《丁丁》，主人公也是一位记者，满世界四处调查神秘事件；再就是他开了个头的《奥里昂》（*Orion*），古希腊的情节与背景太类似于《阿利斯》，生前只有三集，身后的第四集由其他人接手，带有明显的电脑绘图痕迹，殊少意趣。雅克·马丁常与他人合作，如埃尔热组建的工作室，在他的漫画工业中同样培养出一批优秀的创作家。由马丁提供脚本的《冉》（*Jhen*），同名主人公是百年战争末期的一位年轻的画家与雕塑家，全书围绕着他的冒险、幻想和艺术前途而展开一个个故事，深受欢迎，至今还在继续出版新的卷册。这套漫画的绘图者让·普雷耶（Jean Pleyers, 1943— ）还曾和马丁合作过一部只有三集的《凯奥斯》（*Keos*），是法语世界一向喜爱的古埃及历史题材。普雷耶自己也创作过一部与《冉》同样历史背景的《乔万尼》（*Giovani*），只有三集。马丁与安德烈·朱利亚尔（André Juillard, 1948— ）合作的《阿尔诺》（*Arno*），因绘图者自己的风格太强，看不太出那种对历史名物的兴致来，在此可以置而不问；与新一代漫画家奥利维耶·帕凯（Olivier Pâques, 1977— ）合作的《路易》（*Loïs*）也是有些走样。相比之下，曾参与《阿利斯之旅》、《勒弗朗》、《奥里昂之旅》的吉勒·沙耶（Gilles Chaillet, 1946—2011），算得上是埃尔热到马丁这个传统上的新一代翘楚。他创作的《瓦斯科》（*Vasco*）在我心目中也是一部非常伟大的历史题材漫画。此书以中世纪意大利锡耶纳银行业家族的一个青年为主人公，在西元 14 世纪的世界各地漫游，足迹所至不仅包含了欧洲的那些中古名都，甚至于还远涉耶路撒冷、伊斯法罕、巴尔赫与北京。他真正是雅克·马丁那样在绘图故事里忠实热情地表现古迹的同道中人。可惜沙耶未能像马丁那样长寿，他年轻二十多岁，竟然与马丁同年逝世。他晚年还创作了一部《末日预言》（*La Dernière Prophétie*），是以西罗马帝国末世为背景的故事，生前完成了四册，充满了对古罗马世界高水准的精细描绘。经雅克·马丁的发起和提倡，《勒弗朗》、《奥里昂》、《冉》与《路易》都有一个《旅程》系列，漫画主人公在各自不同的时代，展现各种文艺、技术、建筑和自然风貌的图画，算是一种漫画杰作的副产品，成为引人入胜的知识图本。

（《读书》2016 年第 5 期）

民国时期对诺贝尔文学奖作家的关注和译介

　　莫言获诺贝尔文学奖后，引起了海内外媒体的轰动，也带动了他的小说结集重新出版，成为畅销书，甚至说连同时期与他成名的其他小说家，也得到了更多的关注。很多沉寂数年的小说家（余华、叶兆言、苏童、马原、阿来等）都随即宣布要出版自己的新作了。这可以说是诺贝尔奖带来的文坛效应。其实，这些年早已形成一个模式，每次公布获奖作家之后，很多报刊记者会打电话咨询国内外的相关研究者，请他们就其人做番深度全面的介绍与评价，而同时出版社会组织翻译家及时译出相关的代表作。最近一次配合获奖活动的报道最成功的译作出版，当属于世纪文景公司出版的《我的名字叫红》，此书中译本于2006年8月出版，10月帕慕克获奖。于是有一个话题可以拿出来讨论，就是这种对于诺贝尔文学奖的关注，在民国时期是怎么样的，有无可以参照的意义。翻查民国时期报刊里面的翻译文学的材料，得到了相关的一些资料，虽不足完备，但亦颇有规模，可以由此做一个简单的介绍。希望可以抛砖引玉，产生出更有价值的讨论。

这份年表（表一），是初步在民国期刊杂志里统计有关中文刊物报道诺贝尔文学奖的情况。由于信息传达的滞后，起初大多都是隔年才有介绍，19世纪20年代末开始逐渐能够同年报道了。表中的"著译者"是指报道消息或介绍作家的中文文章的著作者或翻译者，其中有不少是杂志的编者，后来也有特邀的外国文学专家。这份表格没有统计报纸的刊载情况，期刊杂志和每日发行的报纸不同：报纸刊载新闻消息可能更及时，但期刊上可以有较为长篇和深度的介绍，从而体现出当时文坛与舆论的关注程度。

表一：民国时期中文期刊对诺贝尔文学奖的报道年表

年序	获奖作家	中文刊物	著译者
1913	泰戈尔（印度）	《青年杂志》（1915）	陈独秀
1915	罗曼·罗兰（法国）	《新青年》（1916）	陈独秀
1916	海顿斯塔姆（瑞典）	同上	同上
1917	朋托皮丹（丹麦）	同上（预告？）	同上
1920	汉姆生（挪威）	《小说月报》（1921） 《东方杂志》（1921）	沈雁冰 马鹿
1921	法朗士（法国）	《东方杂志》（1922） 《小说月报》（1922）	愈之 沈雁冰
1922	贝纳文特（西班牙）	《小说月报》（1922）	沈雁冰

年序	获奖作家	中文刊物	著译者
1923	叶芝（爱尔兰）	《小说月报》（1923） 《文学》（1923） 《东方杂志》（1923）	郑振铎 西谛 云
1924	W. S. 雷蒙特（波兰）	《东方杂志》（1924） 《小说月报》（1924）	从予 孚
1926	德莱达（意大利）	《小说月报》（1927） 《文学周报》（1928） 《真美善》（1928） 《东方杂志》（1928）	赵景深 赵景深 万秋 哲生
1927	柏格森（法国）	《小说月报》（1929） 《东方杂志》（1928）	彭补拙 化鲁
1928	温塞特（挪威）	《小说月报》（1929） 《东方杂志》（1928）	彭补拙 化鲁
1929	托马斯·曼（德国）	《现代小说》（1929） 《小说月报》（1929）	木华 赵景深
1930	刘易斯（美国）	《小说月报》（1930） 《学生文艺丛刊》（1931） 《青年界》（1931） 同上 《现代学生》（1931）	赵景深 郑宏述 杨昌溪 钱歌川 钱歌川
1931	E. A. 卡尔费尔特（瑞典）	《小说月报》（1931）	赵景深
1932	高尔斯华绥（英国）	《黄钟》（1933）	贝岳

年序	获奖作家	中文刊物	著译者
1933	蒲宁（苏联）	《现代》（1934）	郑重
1934	皮兰德娄（意大利）	《新中华》（1934） 《申报月刊》（1934） 《文学》（1934） 《刁斗》（1934） 《中学生》（1935） 《文史春秋》（1935） 《文化批判》（1935）	钱歌川 仲实 （佚名） 根 调孚 金谷 洛君
1936	尤金·奥尼尔（美国）	《图书展望》（1936） 《文学》（1937） 同上	（佚名） 愈志远 赵家璧
1939	F. E. 西兰帕（芬兰）	《西书精华》（1940） 《名著选译月刊》（1940） 《杂志半月刊》（1940） 《国际间》（1940） 《天下事》（1940）	陈东林 俞亢等 冯至 吴铁声 葛企华
1947	安德烈·纪德（法国）	《东方杂志》（1947） 《妇女文化》（1948）	王锐 公孙朗

　　从年表中看，最早得到报道的获奖作家是泰戈尔（Rabindranath Tagore, 1861—1941）。他在1913年获奖（前一年其《吉檀迦利》走红欧洲）。是年早些时候，《东方杂志》第10卷第4期刊载了钱智修的一篇文章《台莪尔氏之人生观》，仅论及其道德哲学思

想。1915 年，陈独秀翻译他的四首小诗《赞歌》，发表于《青年杂志》第 1 卷第 2 期，结尾的介绍中特别提到了获奖的事：

> R. Tagore（达噶尔），印度当代之诗人。提倡东洋之精神文明者也。曾受 Nobel Peace Prize。驰名欧洲。

但陈独秀说泰戈尔获得的是和平奖。有读者注意到了，就来信查问，《青年杂志》次年改题为《新青年》，1916 年 10 月第 2 卷第 2 期的通信栏目，在胡适关于"八事"之通信后就刊载此信，陈独秀做了详细解释，译作"诺倍尔"，并报道说 1914 年（此年未尝颁奖）获文学奖的有罗曼·罗兰（Romain Rolland，1866—1944。其实是 1915 年得主，1916 年受奖）和瑞典的海顿斯塔姆（Carl Gustaf Verner von Heidenstam，1859—1940。1916 年获奖，稍晚于此）、丹麦的朋托皮丹（Henrik Pontoppidan，1857—1943。1917 年获奖）两个小说家。至 1924 年泰戈尔访华时，陈独秀对他改观了，再著文提及，便多是讽刺的话。而在 1917 年《妇女杂志》、1919 年的《小说月报》，都有人翻译了几篇泰戈尔的小说，还有 1918 年刘半农在《新青年》翻译泰戈尔的小诗，这些译者都不曾提及诺贝尔文学奖的事情。1923 年《文学旬报》上有篇瞿世英（署名"菊农"）的讲演稿《太谷儿的思想及其诗》，还有 1924 年周瘦鹃在《紫兰花片》第 15 期的介绍，才对其获得诺贝尔文学奖有了准确的介绍。周瘦鹃将诺贝尔奖译作"罗贝尔奖金八万圆"，可知译名在接受层上这时尚未得到广泛统一。

1921 年《小说月报》改版，沈雁冰接手出任主编，第 1 期后面附"海外文坛消息"，首一则就是"脑威文豪哈姆生获得1920 年的诺贝尔文学奖"。1922 年第 2 期，沈雁冰又在该栏中补充报道法朗士获奖的消息（此前的篇幅着重于介绍去年年底去世的苏俄作家布洛克）。这年年底，比较及时地报道了西班牙作家贝纳文特（Jacinto Benavente y Martínez，1866—1954）的获奖消息。到 1923 年郑振铎担任执行主编，叶芝（William Butler Yeats，1865—1939）得奖，《小说月报》不再置于"海外文坛消息"，而是以隆重的方式，出现一组专栏，有郑振铎的《评传》以及相关的《年表》和其他介绍。1924 年波兰作家雷蒙特（Władysław Stanisław Reymont，1867—1925）得奖，也是出专文介绍（作者署名"孚"，即另一位编辑徐调孚）。此后《小说月报》似乎又开始忽略诺贝尔奖了，1926 年第一期最后的"文坛杂讯"说 1925 年诺贝尔文学奖的得奖者，居然不是萧伯纳（George Bernard Shaw，1856—1950），而是挪威女作家"安达西"，指温塞特（Sigrid Undset，1882—1949），她获奖在 1928 年。于是中国的报刊歪打正着地又一次预言了诺奖得主。等这年最后一期的"文坛杂讯"，因为之前做了萧伯纳七十寿辰纪念号，方提到他才是 1925 年的诺贝尔奖得主，并报道其将奖金捐出的消息。1927 年《小说月报》由叶圣陶代主编，有所恢复，第 12 期，赵景深翻译了 1926 年得奖者德莱达（Grazia Deledda，1871—1936）一篇小说，并做了详细介绍。赵景深对于这位意大利女作家似乎特有好感，意犹未尽，在第二年《小说月报》和《文学周报》上继续发文介绍。1929 年第 1 期《小说月报》又补上了此前两年得奖的情况（柏格森和温塞特），年底又有赵景深对托马斯·曼（Thomas Mann，1875—1955）的得奖的介绍。1930 年底有赵景深对刘易斯（Harry Sinclair Lewis，1885—1951）得奖的介绍。至 1931 年，末代的《小说月报》第 12 期的目录上尚有海外文坛消息的细目，第一条便是当年的诺贝尔文学奖报道，但杂志正文中却不见报道的踪影。

1921 年《东方杂志》第 2 期，刊载了诺贝尔奖金最近消息，这应该是该杂志第一次介绍诺贝尔奖，其中提到"韩生"（即汉姆生，Knut Hamsun，1859—1952）获文学奖的事情。1922 年第 1 期，刊载胡愈之关于法朗士（Anatole France，1844—1924。1921 年获奖）的文章，较有深度地谈到诺贝尔文学奖方针的改变。现在我们知道诺贝尔文学奖早期（1901—1912）标榜奖励的是一种所谓的"健全的理想主义"（a lofty and sound idealism），一战期间又鼓吹作家的中立政治观，对于批判现实问题的文学被冷落一旁，哈代、易卜生、左拉、马克·吐温不能获奖，起初的评委又有反苏俄倾向，于是托尔斯泰和契诃夫也遭到排除。但后来有人提出批评，说诺贝尔本人的文学主张不是这些评审所想象的那么狭隘，于是开始逐渐改变（参看 Espmark, K., *The Nobel Prize in Literature: A Study of the Criteria behind the Choices*, G.K. Hall & Co, Boston 1991）。胡愈之认为法朗士的获奖代表着转向的成功。此后《东方杂志》也成为每年例行关注诺贝尔文学奖的重要杂志刊物。

仅由"表一"所见进行统计，三个获奖事件被报道得最多的作家，分别是皮兰德娄（Luigi Pirandello，1867—1936。1934 年获奖）、刘易斯（1930 年得奖）和西兰帕（Frans Eemil Sillanpää，1888—1964。1939 年得奖）。皮兰德娄，同邓南遮（Gabriele D'Annunzio，1863—1938）一样，都是曾和墨索里尼走得很近，邓南遮的文才我们今天看似乎还胜过皮兰德娄的，但他太明显地跟意大利法西斯政权搅和在一起了；皮兰德娄其实只是个历史问题，曾受墨索里尼资助，以及某个阶段作品有法西斯主义思想（Umberto Eco 的《密涅瓦火柴盒》中有篇文章《清一色右派》，以为将皮兰德娄当成法西斯分子是对其思想的侮辱）。所以报道中往往提及此事，小做文章。但我觉得更主要的是皮兰德娄在 30 年代前期这几位获奖作家里面算是艺术手法比较有革新价值的一位，主要是说他的怪诞剧（grotesque）成就，这可能在 30 年代中期气氛活跃的现代文坛比较容易引发大家的讨论。刘易斯是第一个得诺贝尔文学奖的美国作家，当时关于他得奖非议很多，几篇中文报道多多少少都谈到了这方面的内容，比如引述英美文学批评家的话，谈刘易斯小说的不足，或是提出一个匹敌刘易斯的美国作家来，认为更有价值，诸如此类。西兰帕受到关注，可能是前几年因为战争原因，大家淡忘了诺贝尔文学奖，加之中文世界对这个芬兰作家非常陌生，所以报道得特别多，冯至看到有些报道篇幅太短，还特意写了一篇专文介绍其小说未经人道出的优长。

得奖消息受到冷落的几个作家，有以下几位：1937 年，法国小说家杜·迦尔（Roger Martin du Gard，1881—1958）得奖，很可能是战争原因，我没有找得到相关的报道，而且《蒂博一家》的这位作者在民国时期似乎也不怎么受到关注，他在中国为人所熟知要等到 20 世纪 80 年代。1938 年，赛珍珠（Pearl Sydenstricker Buck，1892—1973）得奖的报道目前在杂志上也找不到，可能也是非常时期的缘故，但此前大家对她一直很注意。几年之后便又开始有些文章补充介绍她得了诺贝尔奖。还有就是黑塞（Hermann Hesse，1877—1962。1946 年得奖），民国时期对他非常缺乏认识，《东方杂志》关于他得奖的消息，是 1947 年底长文介绍当年获奖作家安德烈·纪德（André Paul Guillaume Gide，1869—1951）之后用了几行小字补充提到的。1936 年，商务印书馆出版过一部《青春是美好的》，收入了两篇黑塞的小说《青春是美好的》和《大旋风》。其他的信息就很少了。此外，像高尔斯华绥（John Galsworthy，1867—1933。1932 年得奖），在中国成名很久，得奖后，有的刊物会发表其作品的翻译，或是西方学者的评传的译文，或提到或不曾提到诺贝尔奖的事情。这可能是因为高尔斯华绥在获奖后不久即去世，时在 1933 年 1 月 31 日，于是中文的报道多属于纪念性的文章而不是当作新闻盛事来关注了。萧伯纳（1925 年得奖，未领奖，将奖金捐出），也是在中国德高望重的，杂志上就没有此前类似的那种报道介绍，不过《学衡》是年 10 月号刊载了他一幅肖像。《学衡》是不参与现代文学的介绍的，他们对大多数诺贝尔文学奖的结果都不感兴趣（除了还发过法朗士的肖像），由此反可以看作是对萧伯纳一种特别的致意。

补充一个有趣的例子，若论民国时代的中国文学家翻译家，谁最有慧眼，能够早早地提前发现后来获诺贝尔奖的作家呢？答案竟然是林纾。他早在 1912 年翻译了一部丘吉尔青年时代写的政治小说《沙乌拉，罗兰尼亚革命记》（*Savrola: A Tale of the Revolution in Laurania*，1899），题为《残蝉曳声录》（1912 年连载于《小说月报》，1914 年由商务印书馆出版单行本），我们知道丘吉尔获诺贝尔文学奖在 1953 年，林纾提前了 41 年就翻译他的文学作品。

20 世纪中国文学一直非常重视对外国文学的译介和学习，对于诺贝尔文学奖的报道，是民国时期中国文坛对于世界文学现状进行了解的窗口之一，19 世纪 20 年代以后，诺贝尔文学家评委所秉持的新标准，比如 20 年代的"宏大风格"、30 年代的"普世关怀"、二战之后的"先锋姿态"，这推动了我们对外国文学更全面的认知。20 世纪 30 年代的意大利文学热，就是和皮兰德娄获奖分不开的。读者们得知文学奖的颁发消息，也自然希望可以读到获奖作家的作品。像《清华周刊》1923 年第 297 期刊载的《得诺贝尔奖金者及其杰作》，列举历年获奖作家及其代表作，却只是介绍各自的原著或英译本，一般人恐怕当时都做不到。更值得我们注意的是《出版周刊》1934 年第 116 期的一篇文章，题为《商务印书馆译印诺贝尔文学奖金获奖人著作》。提到了 13 位作家的著作中译本，其中泰戈尔的最多，其次是萧伯纳和柏格森。这些书籍并不是有意识的凑出来要搞成诺贝尔文学奖丛书的，否则商业利益驱使下的急就章也许反而会特别糟糕。这些译作分别属于商务印书馆的几个丛书，比如文学研究会丛书，世界文学名著丛书、世界丛书、通俗戏剧文学丛书，还有万有文库以及尚志学会丛书等等。

当然，很多著名外国作家是毋庸由诺贝尔奖才使我们得知其价值的。比如显克微支（Henryk Adam Aleksander Pius Sienkiewicz，1846—1916。1905 年获奖），他是第一位获诺奖的长篇小说家（此前折桂者分别是三位诗人、一位戏剧家、一位历史学家）。周氏兄弟《域外小说集》第一册（1909）译其《乐人杨珂》，第二册（1909）有其《天使》、《灯台守》。《灯台守》这篇，此前还有吴梼的译文，题为《灯台卒》，发表于《绣像小说》1906 年第 68、69 期，作者译作"星科伊梯"。周作人当时又译过他的《炭画》，于 1914 年由文明书局出版，以及《酋长》，1918 年发表于《新青年》。五四以后，显克微支作品译介得就非常多了。周氏兄弟（其实就是周作人）对显克微支的注意，与诺贝尔奖并无关系，主要是看到丹麦文学评论家勃兰兑斯（Georg Morris Cohen Brandes，1842—1927）的称许。诺贝尔奖颁奖的理由是强调其历史小说，而勃兰兑斯则素轻视这个方面，以为历史小说不过与大仲马并肩较量。后来周作人对于显克微支的评价便从不提诺贝尔文学奖的事。而吴梼是从日文译本转译出来的，他也许不知道诺贝尔奖。

还有像高尔斯华绥（1932 年得奖）、尤金·奥尼尔（Eugene

Gladstone O'Neill，1888—1953。1936 年得奖），中文世界对之译介俱远早于诺奖之年。高尔斯华绥的戏剧小说都很杰出，但是在得奖前，中国的文学家主要重视其戏剧成就，邓演存、郭沫若等人在 20 年代就翻译了他好几个剧本，偶有短篇小说被翻译发表在杂志上，但他的中长篇小说出版单行本的，目前可以寻见的，都是在得奖之后。《有产业的人》，有两个译本：王实味译的《资本家》和罗稷南译的《有产者》。《苹果树》也有林栖和端木蕻良两个译本）。此外再如 40 年代末安德烈·纪德（1947 年得奖）、T. S. 艾略特（1948 年得奖），声名早播于中土，影响到现代中国的文学研究者和作家，其获奖与否，实已无关紧要。这或可说明，诺贝尔文学奖在民国时期的黄金时代已经逝去了，中国人对外国当代文学的认知业已成熟。

民国时期中文报刊媒体对诺贝尔文学奖的报道和介绍，已经类似当今商业社会为我们熟悉的这套运作模式了，从报道消息，介绍作家和代表作，刊载肖像，到翻译其作品，刊发相关评论，紧锣密鼓，提供给当时的中国文坛一股世界文学之共时性的气氛。很多外国作家因获奖而受到关注，在此后的各种文学刊物的海外文坛消息、作家最新动态之类的报道中就常常看到这些得奖者的近事与近作。另一方面，这时期其实已经有所谓中国文学的诺贝尔情结的萌生。比如有的文章会抱怨欧美作家太多、评奖中有黑幕和政治交易等等，当时也就流传了一些现代作家获得提名的消息。

1949 年以后国内报刊对于诺贝尔文学奖的报道明显减少，

所见的是不多的几条 50 年代的报道，起初尚言词温和，后来对于帕斯捷尔纳克（Boris Leonidovich Pasternak，1890—1960）于 1958 年获奖一事反应则比较激烈，这是因为《日瓦戈医生》充满了"对苏维埃制度的批评"，当时的国内报刊上还转载了瑞典共产党杂志的文章，揭露诺贝尔文学奖金的内幕，说"值得当选的候选人并不少"，但很多文学大师都未得奖，"授奖帕斯捷尔纳克也是阴谋之一"。至 20 世纪 60 年代，则偶见一篇关于萨特拒受奖的消息。当然这部分统计不算全面，但大体应该就是这个情况。70 年代的报刊中，则会在授奖的时节，"应景"地重刊鲁迅曾对诺贝尔文学奖的批评言论，而文革后，又忍不住地传言，茅盾或是巴金将有可能获奖……

后来钱锺书在 20 世纪 80 年代接受香港记者采访，曾论及诺贝尔文学奖，提醒我们也不必太重视这个奖。他博览西方文学，随手举出了其不以为然的四个获奖作家，即 1926 年获奖的德莱达、1910 年获奖的保罗·海泽（Paul Johann Ludwig von Heyse，1830—1914）、1908 年获奖的德国哲学家倭铿（Rudolf Christoph Eucken，1846—1926），以及 1938 年获奖的赛珍珠。钱锺书认为文学奖的设立实在是二桃杀三士的效果，引出种种是非不说，还时常选出些不好的作家，比诺贝尔发明的炸药危害还大（见林湄：《"瓮中捉鳖"记——速写钱锺书》，《明珠》，1986 年 6 月 20—22 日）。这种理性的声音，至今也许还不能成为普遍的共识，在社会一般文学爱好者的心目中得到共鸣。诺贝尔奖由于广远的名声和丰厚的奖金，其文学价值的指标早已被商业的利益追求所取代。从这个意义上说，民国时期曾经有过的诺贝尔文学奖热，虽与如今的宣传和追捧有形式的类似之处，但其中对世界文学潮流的真诚关注，也许是早已被淡忘了的。

（《人文国际》第 7 辑，2013 年 9 月）

《围城》与《儒林外史》

《围城》发表后不久，就有人（无咎，即王任叔）将这部小说称作"新儒林外史"，谓"恋爱正是新儒林外史人物的新课程，它和旧儒林外史颠倒于学而优则仕的闱墨中人的描写，划出了新旧时代的两个风貌"。不过，真正将《围城》与《儒林外史》两部小说联系起来比较的，最先还当是夏志清的发明。他在20世纪60年代就说：

> 《围城》是中国近代文学中最有趣和最用心经营的小说，可能亦是最伟大的一部。作为讽刺文学，它令人想起像《儒林外史》那一类的著名中国古典小说；但它比它们优胜，因为它有统一的结构和更丰富的喜剧性（引者按，原文作 greater comic exuberance and a structural unity）。

20世纪80年代以后，中国大陆的现代文学研究者也往往称《围城》是"新《儒林外史》",这可能是李健吾最早提出的,他的理由,在于"这是一部发人深省的各种知识分子的画像"(《重读〈围城〉》,《文艺报》,1981年第3期)。此后的附和者也认为,钱锺书这部小说"展示了最丰富的知识界众生相","不是科举制度的宠儿和弃儿迂腐辛酸的悲喜剧,而是洋学衔和旧学问错综时期新儒林的诸生相"。则所谓的"新《儒林外史》",实渐渐被表示为"新儒林之外史",不仅是古典小说名著同一题材的追摹之作,而且也承认是在前人旧作基础上对于同类题材有了进一步的发展。而在夏志清的表述里,钱锺书的"优势"更明显,不仅仅体现在题材上,更体现于小说构思和技巧的运用中。就此而言,把《围城》称作"新《儒林外史》"或"《新儒林外史》",都是将之置于《儒林外史》的影响之下。但是,如果像夏志清一样认为"它比它们优胜",那么我们就不能光看新作比旧作多了什么,而是应该着眼于其共性,挑拣这两部小说共有的特点来一较高下才是。这样看来,结构统一、喜剧的意涵更丰富,也许都只是现代小说本身所具备的条件,并非《围城》作者钱锺书真正和《儒林外史》等古典小说之作者比较高低的所在。

1946年,就在《围城》这部小说开始在上海《文艺复兴》月刊连载不过两三个月之后,钱锺书在上海《联合晚报》发表他评论中西古典小说的《小说识小续》,谈到《儒林外史》这部小说,说:

所谓"蹈袭依傍"，乃是指摘这部小说缺乏艺术创造力。钱锺书曾论"从古"有二："不自知之因袭"和"有所为之矫揉"，后一种虽原本是说刻意的复古，但也可以理解为这里所说的"蹈袭依傍"。古典小说吸收他书素材，化为己用，是常见的事情。按照金和《跋》中所云的"全书载笔，言皆有物，绝无凿空而谈者；若以雍乾间诸家文集抽绎而参稽之，往往十得八九"，乃是赞美《儒林外史》事事有据、语语不虚。大体说来，小说家转借他书而谋取素材的方法可分为两类：一是照搬原本的人物及其本事，或以本名或以化名将之写入小说，比如第一回写王冕，第四十一回写江宁知县即以袁枚为原型等。这类《儒林外史》的人物原型与本事考证，自当初各家序跋评点者如金和、张文虎（天目山樵）、平步青早着先鞭，今日专门研究《儒林外史》者又有进一步的发明，比如何泽翰的《儒林外史人物本事考略》，李汉秋的《儒林外史研究资料》，以及朱一玄的《儒林外史资料汇编》。——虽然也有裁断不明的地方，比如第一回危素守余阙庙事，李、朱所引之材料，并未涉及主要事件，无异隔靴搔痒。朱之《汇编》已经找到沈节甫《纪录汇编》，却只抄录卷一二九《闲中今古录》的一则关系不大的材料，而没有引陆容《菽园杂记》卷三所说"盖余、危皆元臣，余为元死节，盖厌其自称老臣，故以愧之"这段更关键的话；甚至也没注意到何孟春《馀冬序录》所记明太祖口谕"素实元朝老臣，何不赴和州看守余阙庙去"这段话（《纪录汇编》卷一四八）。

另一种小说家用故书材料的方法，则类如黄庭坚所说的"夺胎换骨"、"点铁成金"，即不正面吸纳原本材料的情节结构和意义指向，而是为当下具体的创作需要所配合使用，使之脱离原来的文本语境，甚至是从侧面或反面的角度，生发出新意来。这把旧的文本或经验材料打碎后重新组织入新文本的方法，看似是更为细碎微观，实际上却使得文学创作浑然一新，旧语故典有了生机。钱锺书对于江西诗派的熟稔（虽然也许如他所说，自己并不崇宋），以及他在《林纾的翻译》一文中谈论文学翻译所提出的"化"之最高境界，使我们都大概可以联想到，这些观点也会影响到他对小说写作的看法。他一向更为关注的是文学作品修辞命意上的创造力，此处对《儒林外史》也是并不太强调对于人物和本事的追查，而是多着眼于吴敬梓在使用前人嘉言妙语时是否展现出足够的个人才能，可以让他这部作品无愧于其所获得的崇高地位。若以谈艺之眼光观之，这番"识小"，不算"小结裹"，乃"大判断"。

钱锺书的意见在于，《儒林外史》的作者并未具有称得上"旧小说巨构"之等级的才能，理由是本事可以照搬，但语句修辞上的因循蹈袭有些缺乏生命力。他举出若干小说家抄袭前人成句和修辞命意的证据，"已见有人拈出者，则不复也"（不重复张文虎、平步青等已有之说）。在此引举二例：

（其一）第十三回马二先生与蘧公孙论作八股文道："古人说得好：'作文之心如人目'，凡人目中，尘土屑固不可有，即金玉屑又是着得的么？"按以目喻文，始于王仲仁《论衡》。《佚文篇》曰："鸿文在国，圣世之验。孟子相人，以眸子焉，心清则眸子瞭。瞭者，目文瞭也。"《自纪篇》语略同。《传灯录》卷七白居易问惟宽禅师云："垢即不可念，净无念可乎？"师答："如人眼睛上，一物不可住；金屑虽珍宝，在眼亦有病。"施愚山《蠖斋诗话》驳东坡论孟襄阳云："古人诗入三昧，更无从堆垛学问，正如眼中着不得金屑。"马二先生之言，实从此出。

（其二）第七回蘧景玉道："数年前有一位老先生，点了四川学差，在何景明先生寓处吃酒。景明先生醉后大声道：'四川如苏轼的文章，是该考六等的了。'这位老先生记在心里，到后典了三年学差回来，会见何老先生，说：'学生在四川三年，到处细看，并不见苏轼来考，想是临场规避了。'"按钱牧斋《历朝诗集》丁集六汪道昆传有云："广陵陆弼记一事云：'嘉靖间，汪伯玉以襄阳守迁桌副，丹阳姜宝以翰林提学四川，道经楚省，会饮于黄鹤楼。伯玉大言曰：蜀人如苏轼者，文章一字不通！此等秀才，当以劣等处之。后数日会饯，伯玉又大言如初。姜笑而应之曰：访问蜀中胥吏，秀才中并无此人，想是临考畏避耳。'"周栎园《书影》所载有明文人轶事，皆本之《历朝诗集》，此则亦在采撷中。《外史》蹈袭之迹显然。

例一完全是关乎语词（以目喻文、眼中着不得金玉屑）之蹈袭的，例二虽涉及人物事件，但实际上重点也在于言语噱头上的重复（苏轼临场规避），其中因平步青《霞外捃屑》卷九《小栖霞说稗》以为此例本自周亮工《书影》，故结尾加以辨识。钱锺书极好议论修辞命意上的创造、蹈袭和摹仿中的翻新，后来他在别处也时常还有新见，比如《谈艺录》补订中曾提到第三回周进斥责童生魏好古之"杂览"语，"当今天子重文章，足下何须讲汉唐"，乃是照搬了明末文人陈际泰《已吾集》卷八《陈氏三世传》中的成句（原文"讲"字作"诵"），也是可以补充在这里的。

此外，古典小说中的诗文，若是喧宾夺主，则会成为作者炫耀才学、影响情节发展的败笔，但如果适当点缀，因人造情，反而能使得人物形象更加生动丰满，《红楼梦》中大多诗词文赋，虽然水平不算高，但往往可以贴合人物身份性情，基本上是能够起到积极效用的。钱锺书对于《儒林外史》里的诗句韵语颇不满意，他在《小说识小续》中指出，小说里杨执中绝句照抄《南村辍耕录》载吕思诚律诗的下半首、杨之室联见于《随园诗话》、陈和甫叙李梦阳扶乩诗照抄《齐东野语》所载降仙诗的下半首，都未能展示出小说家的个人才能来。此外又如第四十四回中谈话间提到"前人吊郭公墓的诗"源自沈周《郭璞墓》的上半首，虽然点明是前人所作，也是属于以"抄"代"作"的例证。更不必说第四十一回里沈琼枝"又快又好"的咏槐诗，作者竟不肯出示只字片语，黄小田此处评语谓："寻常小说必将诗写出，无关正文而且小家气"，恐属回护之词，难令人信服。《管锥编》又说："《外史》中诗多取他人成句，非吴敬梓自拟"，便以第29回萧金铉诗"桃花何苦红如此，杨柳忽然青可怜"为例，指出本自袁洁《蠡庄诗话》卷四记张啸苏句，这是钱锺书晚年的新发现，《儒林外史资料汇编》的编者们没有注意到。

钱锺书在《小说识小续》关于《儒林外史》部分的最后一节说：

> 据德国人许戴泼林格（Stemplinger）所著书（*Das Plagiat in der griechischen Literatur*），古希腊时论文，已追究蹈袭。麦格罗弼士（Macrobius）《冬夜谈》（*Saturnalia*）中有二卷专论桓吉尔剽窃古人处（*Furta Vergiliana*）。近世比较文学大盛，"渊源学"（chronology）更卓尔自成门类。虽每失之琐屑，而有裨于作者与评者皆不浅。作者玩古人之点铁成金，脱胎换骨，会心不远，往往悟入，未始非他山之助。评者观古人依傍沿袭多少，可以论定其才力之大小，意匠之为因为创。近人论吴敬梓者，颇多过情之誉，余故发凡引绪，以资谈艺者之参考。

需要指出的是，古希腊文学创作里的"蹈袭"（Plagiarism），有一部分是与喜剧家或讽刺文学家有关，比如阿里斯托芬剧中对悲剧作品的谑仿，又如琉善摹拟柏拉图对话篇所著的嘲世之作等，其实已是胜义纷披的翻新。而拉丁文学传统，即源自希腊文学，独自创造者本来就不多。且不论"麦格罗弼士"的著作如何不声不响地抄袭前人，维吉尔虽有剽窃古人的事实，我们却不能否认他整部作品的崇高地位。即使有重复之处，恐怕也多属于史诗作者对于古昔文学与学问传统的运用和发扬。"麦格罗弼士"对此实无多少贬斥之词。受古人沾溉而启发己作，这本身并无问题，故云"往往悟入，未始非他山之助"。钱锺书这里强调的是，在对传统的摹仿学习中仍要有自己才力的表现。他以这一要求来审视《儒林外史》，显然以为这部小说做得还不够出色。

如果按照上文钱锺书对《儒林外史》的指摘意见和标准，翻过来审视《围城》，我们发现后者的确在小说的艺术创造力方面大有建树。但是，当年《围城》发表之后，除了称赏赞誉的声音外，也有批评者不满中西典故的连缀，道作者耍小聪明，把小说当成骈体文来做。例如无咎《读〈围城〉》说的"用中英德法世界上所有古典名著砌起了城墙"，屏溪（沈立人）《〈围城〉读后》挑剔书中"不相干的引典"，张羽（王元化？）的《从〈围城〉看钱锺书》也说："这书中的人物、生活、感情、思想，还不能脱出旧的窠臼，虽然花样翻新，而货色依然是旧的"，"这些僵尸，都藉着钱锺书的玉体借尸还魂了"，还有熊昕（陈炜谟）在《我看〈围城〉》一文所批评的"堆砌过火，雕琢太甚"。联系 20 世纪 40 年代的文学风气来看，"骈体文"在大多数人心目中肯定都是腐朽迟暮的文体。钱锺书行文好"掉书袋",似乎是人所周知的共识。但如果认真依钱锺书所说的"渊源学",仔细调查一下这些典故书袋是如何嵌入小说文字的,就会发现,这些典故的使用,并不是穷措大偶吃筵席后炫耀牙缝里的肉屑,而是渗入了作者自己的心智,使之脱离了旧的文本语境,与这部小说能够融为一体。

后来,钱锺书在议论《文赋》"暗合于曩篇"之语时曾说:"若傅色揣称,自出心裁,而成章之后,忽睹其冥契'他人'亦即'曩篇'之作者,似有蹈袭之迹,将招盗窃之嫌,则语虽得意,亦必刊落";后在增订中又反复重申"为文之道,割爱而已"的意思。从此处可以见到作为文学家的钱锺书,对于自己创作中要回避中西前贤文词中已有之立意拟象这一规则的自觉。然而钱锺书同时又颇重视文学创作里的博学兼采,做到"博览群书而匠心独运",从而于旧典故中生发出新意来,起到"化腐朽为神奇"的作用,也就是上文所引及的"点铁成金"之主旨了。他写《围城》,便也是走这条创作途径。

《围城》中也有人物原型和本事。与《儒林外史》不同的是,《围城》涉及的近现代知识分子形象,除了方遯翁外,其他基本属于钱锺书同代人。这些人物的原型本事,目前也有些考证或是推测,如董斜川是影射冒效鲁,曹元朗取材于叶公超,唐晓芙的原型或许是赵萝蕤等。对于小说人物的处理,钱锺书并非是仅就某个原型的某一二事件来写的,而往往是综合了多个不同的本事来"入戏",甚至又添入其他类似人物的某些特征。这其中最具有代表性的是董斜川，《吴宓日记》中早就已指出其原型为钱锺书的好友冒效鲁，后来学者卞孝萱又举出多方面的例证来。而小说人物董斜川身上又不仅是冒效鲁一人的反映，比如他说看书读到樊增祥写诗记述自己把咖啡当成鼻烟，这应该是钱锺书本人的所见，还有"陵谷山原"的诗论，实际上是钱锺书自己以同光诗人的崇宋眼光所作的一段精彩概括。其中钱锺书一向得意于自己对王令王广陵文学价值的发现，故而让小说人物特意顿住问了一句："知道这个人么？"（当然另外还有一个微妙之处，在于冒家祖上为忽必烈第九子脱欢，曾以镇南王身份驻扎广陵扬州。）

《围城》中董斜川道："我作的诗，路数跟家严不同。家严年轻时候的诗取径没有我现在这样高。"按李慈铭曾谓魏晋六朝流行父兄以夸耀子弟为声价，而子弟以贬斥父兄为通率。钱锺书私下的读书札记曾评价说："嗜名无实，冒氏家风，自辟疆父子已然。"好夸耀与旧学人物之交往以及魏晋名士风气，不光是冒效鲁一人的特点，可能还糅合进了其他的现实人物（例如陈寅恪）。汪辟疆《近代诗派与地域》一文中以为陈寅恪弟方恪（彦通），"拟诸斜川，差为近似"，《围城》中关于"今之苏黄"的典故，是指苏曼殊与黄遵宪，汪文也说"至陈散原先生，则万口推为今之苏黄也"。董斜川的诗，除了"好赋归来看妇靥，大惭名字止儿啼"，出自冒效鲁的《还家作》："妇靥犹堪看，儿啼那忍嗔"，还有几首则像极了陈三立的风格，但总是留着些把柄漏洞，大概都是当时人私下讥嘲陈三立构思欠佳之作的一些谈资。钱锺书《石语》中，引另一位"老世伯"陈衍私下的议论，谓想学散原体者，有一捷径，就是"避熟就轻"，简单说就是回避寻常语言和熟悉的修辞手法，刻意营造怪奇风格。对照着小说中董斜川的诗句，自然就明白他的意思了。

《围城》绝少照搬他人材料，偶尔有只言片语的引述，也不是纯粹忠实地征引，比如褚慎明口称"结婚仿佛金漆的鸟笼，笼子外面的鸟想住进去，笼内的鸟想飞出来"，说是罗素引的一句英国古话，而实际是出自《蒙田随笔集》。蒙田原文并无"金漆"这个修饰语，褚慎明将出处归于罗素，恰恰是因为此公肯敷衍他，故而语语点缀其名号以自抬身价，这便多了一层讽刺效果。《围城》中还有一次直接援用了《儒林外史》已有的比喻："桌面就像《儒林外史》里范进给胡屠户打了耳光的脸，刮得下斤把猪油"，这也是改变了原本比拟的对象，把人脸转到对桌面的形容上来了。

钱锺书更擅长的是借用别人现成语句时稍加点化，使味道境界大为不同，比如董斜川诗集里愤慨中日战事的两句："直疑天尚醉，欲与日偕亡"，见民国元老人物褚辅成《抗战八咏》其二（1939）末联："与日偕亡期渐近，岂堪自荐酌春醪。"钱的改作，不仅颠倒了上下句的位置，还更换了语气，将褚氏原作中"自醉"的警省，变成"天醉"的沉痛悲愤。

又如这段描述方鸿渐眼中三间大学学生的文字：

　　　　这些学生一方面盲目得可怜，一方面眼光准确得可怕。

他们的赞美，未必尽然，有时竟上人家的当；但他们的毁骂，那简直至公至确，等于世界末日的"最后审判"，毫无上诉重审的余地。

这段话是形容现代高等教育体制中学生对于老师的评判，谓不见其优长，而专觅其窘困之短处，对于教师学问的赞美不过是偶尔的人云亦云，一旦教学中个人利益受到损害影响，便理直气壮地予以毁骂和控告。钱锺书在1948年发表的《杂言——关于著作的》一文中，第一节就说："赞美很可能跟毁骂一样的盲目"，这里作者形容的是作者与评论者的关系。这两节文字很可能都受到西方古典著作的影响，即古罗马学者奥略·葛琉斯（Aulus Gellius）《阿提卡之夜》一书中所引哲学家法沃里努斯（Favorinus）的话："无力之赞美较乎猛烈之责难更令人羞耻"（Turpius esse exigue frigide laudari quam insectanter et graviter vituperari），《容安馆札记》第八十一则引了这段话之外，并言蒲柏"Damn with faint praise"（以苍白无力的赞美予以毁骂）一语盖出于此，这个意见在英语成语辞书中已成定说，不算是他自己的发现。

钱锺书在《小说识小续》中说："近人评吴敬梓者，颇多过情之誉；余故发凡引绪，以资谈艺者之参考"，的确像是针对于五四新文学家们的古典小说研究所发之论。1917年，钱玄同和胡适在白话文学运动中所表彰的第一流古典白话小说，都选择了《水浒传》、《红楼梦》和《儒林外史》三部。1920年，上海亚东图书馆出版新式标点本《儒林外史》，陈独秀、钱玄同、胡适三人分别写了一篇《新叙》。陈独秀表彰这部小说客观地"刻画人情"；钱玄同也强调"描写真切"、思想健康，适合青年学生阅读的特点，并认为吴敬梓具备新思想。

　　然而影响更大的是鲁迅在《中国小说史略》里的意见。鲁迅对《儒林外史》的肯定，立足在"戚而能谐，婉而多讽"，乃是中国讽刺小说之始，而所谓讽刺的针锋，显然是由于"时距明亡未百年，士流盖尚有明季遗风，制艺之外，百不经意，但为矫饰，云希圣贤"，故而"书中攻难制艺及以制艺出身者亦甚烈"。这里的"攻难"，或所谓"秉持公心，指摘时弊"，与鲁迅所定义的晚清"谴责小说"的"掊击"或"揭发伏藏，显其弊恶"，究竟有什么本质的区别，学界近来仍有质疑的声音。其实，晚清人对于此书早有"不刻不足以见嫉世之深"（黄小田《又识》）、"作者之意为醒世计，非为骂世也"（光绪十一年宝文阁刊本黄安谨序）的认识，已算是接近鲁迅的思路。胡适对鲁迅《中国小说史略》中的意见表示赞同，他认为吴敬梓是"有学问有高尚人格的人"，《儒林外史》是一部"全神贯注的著作"，并受到当时思想界的影响，故而能够"公心讽世"。相比之下，晚清的谴责小说家以写小说骂人为糊口的方法，"他们所谴责的，往往是当时公认的罪恶"，容易得到读者的响应。

　　钱锺书并非全面否认《儒林外史》的价值，他读此书极熟，著作以及读书札记中随处可以见到这部小说的引文。但如果放在第一流的作品里面，钱锺书对《儒林外史》的评价则是有所保留的。《林纾的翻译》中引李葆恂所述阮元对《儒林外史》的赞许，"不惟小说中无此奇文，恐欧、苏后具此笔力者亦少；明之归、唐，国朝之方、姚，皆不及远甚。只看他笔外有笔，无字句处皆文章，褒贬讽刺，俱从太史公《封禅书》得来"。但随后钱锺书又补注说，李氏评价更高的小说作品是《醒世姻缘》，与之相比，《儒林外史》"沉郁痛快处似尚不如"。这似乎也代表了钱本人的看法，他论及《文史通义》对当时学界的讥讽时说：

> 窃谓《文史通义》中《书朱陆篇后》、《黠陋》、《所见》、《横通》、《诗话》、《读〈史通〉》诸篇于学人文士之欺世饰伪、沽名养望、脱空为幻诸方便解数，条分件系，烛幽抉隐，不啻铸鼎以象，燃犀以照。《儒林外史》所写蘧公孙、匡超人、牛浦郎等伎俩，相形尚是粗作浅尝。

按，《书朱陆篇后》系针对戴震而发；《横通》揭示当时目录文献学者之陋；《黠陋》针砭近世文集之失；《所见》一篇泛论世风舆论，而《诗话》专刺袁枚《随园诗话》（此篇之前，还有《妇学》及《妇学篇书后》，也是嘲讽袁枚的，则钱氏略之不言）；《读〈史通〉》则讥嘲学林中偏听轻信的弊端。戴震晚生于吴敬梓，且暮年方成名，小说家可能对他并不熟悉。至于袁枚，根据张文虎批语，小说第三十三回中的姚园即袁枚之随园。钱锺书说："（袁枚）其人宜入《儒林外史》，则子才之行实也。"

此外，《文史通义》中还有《立言有本》、《〈述学〉驳文》两篇，专门批驳汪中的学问文章，与此处论题不尽符合，且根据不足（"余闻之而未见，然逆知其必无当也"），于是钱锺书在此也没有列举出来。汪中正是小说中匡超人的原型。

通过与《文史通义》进行对照，钱锺书认为，吴敬梓对于儒林的针砭与讥刺，只不过是"粗作浅尝"，不够深刻。这也许正是"公心讽世"所致，因为所持的是一般人的标准，故大多只能放在八股制艺的层次来进行描述，这样的小说置于五四新文化的语境之中，自然大受反对封建传统士大夫之人生观的一代知识分子所推重。钱锺书对于《儒林外史》的批评，则是着眼于更高一层的学术生态环境里面，这就联系到诸如戴震、汪中、袁枚这个知识精英分子群体，对于这些学问精湛或才思敏锐的人，其实是很难体察其丰富的精神世界中所存在的问题的。《围城》问世后，面临着情形类似的命运，大家普遍容易接受的，也就是小说家对于教育界包括海外留学、学位文凭买卖、大学教育体制等各种问题的批评和揭露。至于钱锺书对于当时学界种种人物具体的影射与讽刺，评论界往往觉得刻薄和无聊。大多对于钱锺书及其《围城》持有保留意见的声音，都会至少同意司马长风的意见，即以为《围城》的内涵不够深沉，虽然有出类拔萃的小说技巧，却是才胜于情。这正是停留在《儒林外史》的标准来审视《围城》所致，殊不知钱锺书自己对于这个标准是并不满意的。

晚清时，那位写作了另外一部当代之儒林小说《孽海花》

开头几回的金松岑，曾在《国粹学报》发表他对文学创作的看法：

> 夫著书之人，如英雄之争天下，从古帝王之业，真能赤手开创而无所凭藉者，历史上多不过三四人。著书之业，真能独立而改制而无所依傍者，经籍所志，多不过五六人。其他皆炳古人之烛以为荣光而已。

今人说及小说或其他文体的文学创作，倒是很少有人涉及到学问之沿袭依傍的问题，仿佛真能人人都"赤手开创"了。新文学似乎是石头缝里跳出来的东西，反对崇古拟古，提倡直接取材于生活，则于学问何干？然而，素材里面的人事材料，固然可以全新，汉语言文字的组织如何便真地遗忘渊源、泯灭传统了呢？依靠传统，满篇典故，却并不就意味着食古不化不能创造，我们在此藉由钱锺书自己的谈小说艺术的文字，来审看《儒林外史》与《围城》两部小说的成就，或许也是一次对新文学传统的反思。

（《汉语言文学研究》，2012 年 9 月，第 3 卷第 3 期）

钱锺书读过的晚清海外游记

钱锺书对晚清中国人的海外旅行游记很有兴趣。他在 1948 年写关于朗费罗《人生颂》之早期汉译的英语论文时，就已使用了李凤苞《使德日记》、志刚《初使泰西记》等材料，最后一个注释中引用的就是《小方壶斋舆地丛钞》（译作 *Geographical Miscellanies*）里作者缺名的《舟行纪略》一书。

《小方壶斋舆地丛钞》（下文简称为《丛钞》）是光绪年间王锡祺所编订的清人域内、边疆及海外地理著作丛书，分初编、补编、再补编，每编十二帙（2005 年辽沈出版社影印出版了大连图书馆藏未刊的稿本《三补编》），前三编收入文献共约 1400 馀种。王锡祺辑录此书，自然功劳很大，但他不注明文献出处，后人考证起来甚难（20 世纪 30 年代初顾颉刚即请吴丰培作子目提要，未果），更大的问题是他喜欢删略那些与"舆地"无关的部分。因此如可找到其辑录的来源文献时，一般便尽量不直接征引此书。《使德日记》、《初使泰西记》便有《丛钞》本，也许正由于以上问题，钱锺书没有标注系出自《丛钞》。《使德日记》有光绪年间元和江氏湖南使院《灵鹣阁丛书》本，《初使泰西记》有光绪三年北京避热窝刻本（《管锥编》改用光绪十四年本的《初使泰西纪要》），都不必用连作者名字都可能弄错的小方壶斋本（志刚书的作者居然被误署为出版者"避热主人"的爱子宜壆）。三十五年后，钱锺书将那篇英文论文改写成中文，即《汉译第一首英语诗〈人生颂〉及有关二三事》（下文简称为《二三事》），补入一些《丛钞》里的文献。钱先生没有引刘锡鸿的《英轺私记》（与李凤苞书同刊于《灵鹣阁丛书》，"丛书集成初编"也在同一册），而是改用《丛钞》本的《英轺日记》。

《钱锺书手稿集·中文笔记》第十四册用了一百二十页篇幅摘录这套大部头的《丛钞》，从选抄的内容上看，除了边疆风俗记载和名家记游文字之外，钱锺书特别关心那一批海外游记著作。《二三事》一文的注释中曾列举清人写西洋景"轻松打油"的竹枝词，其中说《丛钞》再补编第十一帙第十册的张祖翼《伦敦风土记》其实是抽印了《观自得斋丛书》本《伦敦竹枝词》的自注。《中文笔记》除了第四册诸篇摘录外，第一册的"残页"部分有一则开首记述道：

> 阅《清代野记》毕。童时在先祖父榻畔得此书，窃阅之，以为作者梁溪坐观老人必邑人。后，乃知是桐城张祖翼（逖先），久居吾郡。《观自得斋丛书》中有《伦敦竹枝词》百首，极嬉笑怒骂之致。署名"局中门外汉"。余在

清华一年级偶见而好之，以告朱自清、叶公超等，然不识作者为何人。及阅《小方壶斋舆地丛钞》第十一帙中所收张祖翼《伦敦风土记》，则节取《竹枝词》之自注。始识词即出张手。张盖刘瑞芬之随员，与邹代钧同赴英者。邹之《西征纪程》可考也。王韬《瓮牖馀谈》卷三，"星使往英"条有云，道光壬寅年间，有浙人吴樵珊从美魏茶往居年馀而返，作有《伦敦竹枝词》数十首，描摹颇肖云云。又远在张前。余求之有年，尚未获寓目也。《竹枝词》论西事多贬少褒，《野记》则开通多矣，故卷中"戊戌变政小记"遍录当时谕旨，尊重康梁，深以变法未成为憾，可见出洋归来，遂成维新党。

钱锺书在清华外文系读一年级，是在 1929—1930 年间。时叶公超为外文系教授，朱自清为中文系教授。朱自清有一篇同题之文章，发表于 1933 年 4 月 16 日《论语》第 15 期，其中说：

> "春节"时逛厂甸，在书摊上买到《伦敦竹枝词》一小本。署"局中门外汉戏草"，"观自得斋"刻。惭愧自己太陋，简直没遇见过这两个名字，只好待考。

又说对于这本书的背景与年代也只是"待考"。再查《朱自清全集》"日记"，1933 年 2 月 1 日记下午于厂甸购得此书，"甚喜"；同月 3 日又记读此书的一些心得。后来，1935 年 1 月，朱自清又在《水星》发表《买书》一文，重提购得《竹枝词》一书的得意心情。并未提及大一学生钱锺书的功劳。

王锡祺《丛钞》每每录文而删诗，《日本杂事》就是黄遵宪《日本杂事诗》的纪事文，《使东杂记》就是何如璋《使东杂咏》的自注，如此买椟还珠，实际减损了原本的文学价值。钱锺书在《二三事》一文的声明中提到当年的英文文章："我当时计划写一本论述晚清输入西洋文学的小书，那篇是书中片段。"由此来看，钱先生也是从文学价值的角度而非"舆地"之学的角度来读相关文献资料的，他感兴趣的是李凤苞日记提到了歌德，王之春《使俄草》中记录观摩《天鹅湖》，斌椿、张祖翼如何描摹外语单词的读音，以及那些诗文游记里面怎样记述看洋妇、吃冰激凌，《丛钞》本的体例显然不尽符合他的需要。他在论文中注明是引自《丛钞》的，大约都是因为没有找到别本。那本小书没有写成，真是令人感到遗憾，若是惊奇于《二三事》或《管锥编》"全后汉文卷一三"中征引明清人记录西洋饮馔、器物及语言的文献之广博，则不妨再去读读《容安馆札记》中的六十二、九十七、百三十八、三百六十二、五百七十六等条，其相类之文献要比已发表部分多出数倍——也许就包含着那本小书的雏型。

相对而言，郭嵩焘、薛福成、曾纪泽、张荫桓、康有为几人更理应作为晚清海外游记的代表作家。郭嵩焘生前发表的出使日记固然著名，但只记录了他去往欧洲途中的见闻议论。《中文笔记》摘录《丛钞》本的《使西纪程》数条，尽是航海途中的牢骚抱怨语。郭嵩焘性格冲动冒失，多言多错。曾国藩曾说，"筠公芬芳悱恻，然著述之才，非繁剧之才也"，言下之意说此人逞才使气，言语激烈，可以作屈原贾谊这样的文学家，而不是真能担当重任的材料。相反，曾纪泽日记平淡板正，多数仅道及日常行止起居，少有议论，也不记录和别人的谈话内容。起先上海刊刻的《曾侯日记》是未经作者授权的本子，反而保留了些得罪人的议论，内容比他本人修订的手写日记要多。《中文笔记》抄录过《丛钞》本的《使西日记》，又抄录过读《曾惠敏公文集》本的《使西日记》（在第十五册），钱锺书在后者批注说："《小方壶斋舆地丛钞》初编第十一帙第四册中《出使英法日记》系据原刻本，即文集卷五《巴黎复陈俊臣》所言，较此本为详。《丛钞》再补编第十一帙第十册《使西日记》则与此同。"《出使英法日记》没有出现在《中文笔记》中，内容相同的《使西日记》倒是读了两遍，前后笔记不同。《文集》本是后来读的，批注较多。

钱锺书同乡薛福成的出使日记，追求内容丰富，"凡舟车之程途，中外之交涉，大而富强立国之要，细而器械利用之原，莫不笔之于书"，所立体例以顾炎武《日知录》为标榜，钱锺书《二三事》中评价说："薛福成的古文也过得去。"但他以策士起家，终身著述不离写条陈的影子，如吴汝纶所说，"郭、薛长于议论，经涉殊域矣，而颇杂公牍笔记体裁，无笃雅可诵之作"。《中文笔记》将此书也抄录过两遍，一遍见于《丛钞》，另一遍见于第二册的"大本"第九中，后者摘录简略。钱锺书可能没见到《庸盦全集》本的《出使日记续刻》，更不要说南京图书馆所藏的稿本日记，因此对于这部分材料，他肯定不及今人用得充分了。

对比晚清使臣的各家日记，未收入《丛钞》的张荫桓《三洲日记》内容最为丰富、才学最为可观。屠寄在序中盛称其书有"五益"，为考工、辨物、释地、通俗、征文，可以概括大体。我们看到钱锺书评价最高的也正是此书。《中文笔记》里用的是光绪三十二年上海刻本（第一册页一三的内容应也属于《三洲日记》部分），钱氏评价说："轺轩诸记以此最为词条丰蔚，惜行文而未能尽雅，时时有'鹦哥娇'之恨耳。"钱锺书对于张荫桓孜孜探究埃及古碑文字的记述似乎视而不见，《管锥编》两度征引《三洲日记》，俱是用以举证一度流行的"西学中源"说，那实在算不得什么光彩的言论。

从《中文笔记》未见钱锺书读康有为任何书，钱基博《中国现代文学史》有对《欧洲十一国游记》（当时只出版了法、意两国游记）的长篇评述。从钱锺书将之与王芝并举来说明旅行家好说谎这件事来看，他肯定不怎么赞同乃父的见解。

《二三事》一文借用了一次钟叔河整理《走向世界丛书》时发掘出的郭嵩焘未刊稿本日记。后来钟先生的《走向世界》一书由钱氏主动提出写序，有了那句名言："一些出洋游历者强充内行或吹捧自我，所写的旅行记——像大名流康有为的《十一国游记》或小文人王芝的《海客日谭》——往往无稽失实，行使了英国老话所谓旅行家享有的凭空编造的特权（the traveller's leave to lie)。"《走向世界丛书》编排宗旨含有强烈的"中国本身拥有力量"的意识，要对于这毕竟算是"睁眼看世界"了的"特权"回护一二（可参看《信口开河的特权》一文）。可荒唐的是，王之春的《谈瀛录》居然还得抄袭《日本杂事诗广注》，刘学询写《日本考察商务记》是打着幌子为清廷追杀"康梁二逆"，载振的《英轺日记》根本是唐文治代作的，载泽的《考察政治日记》也可能找了梁启超、杨度等人代笔……

比起这些有口无心或抄袭雷同的著作而言，有些不那么起眼的人物写的游记，也许从史料价值上来看很一般，却因为有幸身历殊域，兴奋得有闻必录，反倒留下许多虽不可信却别有趣致的文字。钱锺书对此也极有兴趣。

他心目中假充内行的旅行家，一定有那位袁枚的文孙，比黄遵宪更早作诗号称"吟到中华以外天"的袁祖志。他出国前已是游寓沪上多年的报馆名士，钱锺书在《中文笔记》抄过两遍的《欧游随笔》作者钱德培，乃袁祖志好友，后者深羡友人"地球当作弹丸看，笑煞庸奴恋故乡"的出洋经历。光绪九年终得偿心愿，随轮船招商局总办唐廷枢游历西欧。他出洋后发现"英语并不通行"（《二三事》注），回乡倒是写了不少心得和总结，都收入《谈瀛录》中，包括《瀛海采问纪实》、《涉洋管见》、《西俗杂志》、《出洋须知》、《海外吟》、《海上吟》六种，此即小说《围城》第一章方鸿渐在他家老爷子处读到的那部书。《中文笔记》第十四册读《丛钞》笔记中钞录《瀛海采问纪实》、《西俗杂志》和《出洋须知》（第288页误重复排印了第286页内容，根据第 289 页知缺少的是《西俗杂志》的内容）。《容安馆札记》第五百七十六条读袁祖志《谈瀛阁诗稿》八卷，钱锺书说："翔甫为洋场才子、报馆名士，《青楼梦》之方某、《二十年目睹怪现状》之侯某，皆影射其人，所作沿乃祖之格，而滥滑套俗，真所谓其父杀人，其子必且行劫者也。惟多咏风土，足资掌故之采耳。"此下主要摘录并评点《海外吟》两卷的诗句，结合诗人的"中西俗尚相反说"（《涉洋管见》，《中文笔记》第十四册《谈瀛录》部分摘录此文），显现其所谓"中土偶来名士少，西方果觉美人多"的沾沾自喜之态。关于袁祖志指点国人如何吃西餐的"洋餐八咏"，钱锺书言"清人诗中赋西餐，莫详于此"，比照了数种类似文献，都可补充郭则沄《十朝诗乘》卷七之说。

与袁祖志品格气质很像的有一位广东诗人潘飞声，汪辟疆甲乙光宣诗坛，以"地耗星白日鼠白胜"点他，但判词有"艳说英伦"一语，错把《伦敦竹枝词》的张祖翼的经历搬了过来。潘氏出洋是到德国柏林大学东方学院教汉语，《中文笔记》读《丛钞》本《西海纪行卷》应是最早的一次，在"光绪十三年丁亥七月，余受德国主聘至柏灵城讲经"一句上注了两个惊叹号。张德彝《五述奇》中提到，潘飞声每月所领三百马克的束修其实并不敷用，但他居然在游记、诗集和他的《海山词》里不断展现自己的风流形象。他作《柏林竹枝词》二十四首，描绘女子溜冰、少妇新婚，及至酒店女郎和妓女，甚至连描写教堂祷告，都要羡称"博得玉人齐礼拜，欧洲艳福是耶稣"（其五）。

《中文笔记》第一册有钱锺书读单行本《西海纪行卷》和《天外归槎录》的笔记，比《丛钞》本多出些诗词来，有些内容又抄入《容安馆札记》第六十二条末尾。对于潘飞声文辞间表现自己受洋妇爱慕的得意之情，钱锺书讥为"措大梦想"，且批评道："兰史致力词章，居欧教授三载，著作中无只字及其文学，足以自封，可笑可叹。"

"小文人"王芝的《海客日谭》，背景模糊，经历离奇，主人公自叙是自云南腾冲地区，途径缅甸，由海上至欧洲旅行的，时在同治十年十月，次年正月即返。《中文笔记》第一册第374页以下记此书，在"华阳王芝子石撰，不知何人"旁注云："吴虞《秋水集》'怀人绝句十二首'之九云：'四海敖游倦眼空，相逢容吐气如虹。笑将千万家财散，名士终推庚子嵩'，自注：'华阳王子石丈芝'"，这已见于《容安馆札记》卷一第百二十三条。我由此线索又去查了《吴虞日记》，其中1915年3月14、16日提及"王子石遗诗"，可知王芝此时已去世。这算是关于作者身世目前找到仅有的一点材料。钱锺书对于书前"石城王含"对作者的吹嘘很不以为然，他评价说，其"文尚有矜气，而词意纠沓，尚未入门，何至倾倒如此……疑是芝一人捣鬼耳"。其后又提出种种疑惑，首先王芝开篇即说什么"子石子有渔瀛之行，辞定冲军，定冲军送之，安嫘军亦自南甸来逆会于大苦"，如此"气象万千"，钱锺书又问："渠在军中何事，何以缅甸王迎以上宾之礼？何以抵英未至中国使馆，居十馀日即返？皆阿葫芦也。按其年才十八岁，而自称子石子，粧模作态，大言高论，甚可笑。"下文列举了许多可笑的言论诗词，例如记英吉利语，"漱慈（shoes）履也，叟（shoe）亦履也"、"伊铁乃时（eat rice）吃饭也"，"法郎西所造玻璃尤佳，都城名玻璃斯（Paris），故子石子书法都，不从地名作巴黎斯"，《赠洋鬼子及诸眷》诗云"大海西头是鬼方，幢幢鬼影日披狙。窥人鹭眼兰花碧，映日蜷毛茜草黄。文字尝烦韩子送，圄揄一怒阮生狂。两峰图里添新趣，绝倒阎浮子母王"，等等。

几年前我读《海客日谭》也产生过如钱先生所记同样之疑问，当时曾查考当时云南地方历史，发现与王芝此行前后时间吻合的，是当地少数民族起义军领袖杜文秀义子刘道衡使英商图联英抗清一事。刘一行八人，于1871年年底进入缅甸，在仰光由英人安排，由海路去往伦敦，在那里未受英人重视，"归顺"不成，于是又由英人护送返回。至仰光，闻大理失陷，刘道衡遂留居缅甸。因此，我猜想王芝真实身份是刘道衡的随行人员，他可能只是承担文书工作的一个小文人而已，他懂一点英语和缅甸话，在整个行程中并无重要作用。自然可想见的是，假如要将这次行旅见闻公之于众，必须要隐去其真实身份才不致招来祸端，于是点缀几个人名，再随处对天朝盛德歌颂几声，便蒙混过去了。然而缺乏证据，这终究只是猜测。

最擅长凭空捏造的，是收入《丛钞》初编第十二帙作者佚名的《三洲游记》，有中非关系史专家，以此书为据，认为是中国人进入非洲腹地旅行的最早记录。我曾查出该书作者是《申报》馆的文人邹弢，他和编写《文章游戏》的缪莲仙一样，发愿要"遍历异域"而未成。于是把英国人的非洲游记翻译成中文（藉由他人口述），添枝加叶地将主人公改成中国人物，竟从广东出发，经历南洋而至于非洲之坦桑尼亚、乌干达地区，处处作诗留念。这部"小说"最初刊于《益闻录》，王锡祺没有注意正文连载前一期的《小引》说明，直接删去诗词录入《丛钞》。钱锺书果然慧眼如炬，读《丛钞》时，批注说："此实历险小说，而托为游历日记者。故作者自叙含糊其家世身分，……作者自言不解西语，而非洲领事需华文案，更离奇矣"，全凭常理推导即可断其真伪，令那些捧着此材料当成信史的专家学者情何以堪。

　　同文馆第一届毕业生张德彝，是晚清时期出洋次数最多、历时最久的一位，早期作为译员随同斌椿、志刚、崇厚、郭嵩焘出使，之后又担任过洪钧的秘书以及罗丰禄、那桐两人的参赞，直到 1902 年出任驻英公使，四十年间亲身见证了晚清外交史的各个阶段。每次出洋都著有一部以"述奇"为名的详细日记。钱锺书对于张德彝付诸刊印的三部日记都非常熟悉。《中文笔记》除了摘录《丛钞》本《航海述奇》和从《四述奇》拆散了的几种随使日记外，还将单行本的《四述奇》与《八述奇》抄了两遍（等于抄录了三遍《四述奇》，即随使郭嵩焘使英、随使崇厚使俄的日记）。钱锺书晚年可能不知道早在 1985 年中国历史博物馆整理公布了誊清稿中缺少的《七述奇》手稿全文（刊载于《近代史研究》1985 年第 6 期），1980 年钟叔河在北京柏林寺找到的其他七部日记的家藏本誊清稿（1997 年影印出版），似乎也没有借给他翻读。《容安馆札记》第八十二条（第

142 页），提及那位帮助朱迪特·戈蒂埃（Judith Gautier）翻译汉诗而被很多比较文学家所敬重的丁敦龄（Tin-Tun-Ling），说他在 *La petite Pantoufle*（有人不知原书附汉文题作《偷小鞋》，硬是译作"小破鞋"）一书的自序中杜撰捏造说："Khoung-Fou-Tseu a dit: Pou-Toun-Kiao-Toun-Li. —Les religions sont diverses, la raison est une...（孔夫子有言：不同教同理）"，钱锺书讥为"已开今日留学生在欧美演讲中国文化法门"。旁有小注："丁敦龄，山西人，品行卑污，冒称举人，见张德彝《再述奇》同治八年正月初五日"。这一条日记还补入了《谈艺录》（第 372 页）。《再述奇》于 1981 年收入《走向世界丛书》，钱锺书可能读的是整理本。

《中文笔记》读《丛钞》本张鹏翮《奉使俄罗斯日记》，康熙二十七年六月二十七：："遇番僧数人，面目类罗汉"，"内一僧能华语，自言系大西天人，求活佛于中国，遍游……诸名山，不见有佛……"。钱锺书批注："《聊斋》卷三'西僧'。梁退厂《浪迹续谈》卷七'求佛'条自《一斑录》转引此则"，并补记多出的文字。我们都该记住《聊斋》里的那段话："听其所言状，亦犹世人之慕西土也。倘有西游人，与东渡者中途相值，各述所有，当必相视失笑，两免跋涉矣。"世上曾有多少位小说《围城》的主人公，鸿渐于陆，继续行使"凭空编造的特权"，于此间当无所遁形。

（《上海书评》2012 年 4 月 7 日）

钱锺书留学时代的阅读兴趣

前些年，有位师长说曾与钱锺书昔年清华外文系同窗某先生晤谈，提到钱的外语能力，那位老先生摇头说：他没有学过意大利语，他哪里会意大利语呢。我当时听闻后即感奇怪，难道后来去学就不算了吗？最近，商务印书馆出版了《钱锺书手稿集·外文笔记》的第一辑三册，影印了钱锺书留学时代共十本读外文书的笔记。我匆匆翻览一过，觉得内容虽然也极为丰富，但还是显露出一些青涩的痕迹，与《中文笔记》所存最早部分也看起来颇为内行的状态完全不同。比如法、意、拉丁语言的有些引文旁写出了英语译文，比如抄读"来屋拜地"（Leopardi）的《思想集》（*Pensieri*, 1837）笔记（抄原文附以英译）之末，有意大利语读音规则的简单记录。这些倒是更觉真切可信，假如开始读薄伽丘《十日谈》没用英译本，或是读但丁《神曲》的笔记之末尾有现代意大利语读音的学习笔记，那才真让人觉得奇怪了呢。我们还看到，他这时读 Robert

Burton《解愁论》拿的是节选本，接触萨福和卡图卢斯的抒情诗集用的也是比较通俗的英译本。

　　读书笔记的影印可破除不少神话，让我们领略庞大的学术工程是如何累积建筑的。第一册"饱蠹楼读书记"扉页日期署 1936 年 2 月 4 日，第二册作 1936 年 3 月 30 日：相距不到两个月，便有满满二百页的抄书内容，可见其勤勉。不过看篇目，我也有些疑惑不解。《听杨绛谈往事》中说饱蠹楼的经典以 18 世纪为限，19、20 世纪的书要从牛津市图书馆去借。可是，"饱蠹楼读书记"这两册号称"提要钩玄"，读的大多是 19 世纪以后之人，甚至可以说都是当时人的书。第一册最晚至少有 Victor Basch 那部《哲学与文学的审美论集》，刊于 1934 年，第二册里的美国作家 Burton Rascoe《文林巨擘》，问世于 1932 年，Oliver de Selincourt 的《艺术与道德》是 1935 年在伦敦出版的。两册笔记中早于 19 世纪问世的书，只有柯勒律治的《文学传记》（*Biographia Literaria*）和那套约翰生博士主持的《漫游者》（*The Rambler*）杂志。我不清楚饱蠹楼的藏书历史，不敢说杨绛记错了。这头两册读书记所显露出的钱锺书，似乎对于 18 世纪以前的书并不再着急搜读，没准儿他初到海外，渴求一读的就是那些新近的书，除了补充（更可能是重温）圣茨伯里和白璧德著作中关于晚近文学与文学批评的介绍，剩下来就是广泛浏览摘录文艺与哲学的新书了。这个兴趣可以说一直贯穿在留学时代的这十本笔记之中，他关注的大量学者作家，不仅是与之同时代，甚至不过早生十来年的光景，属于刚刚起步的人物。

扬之水发表的日记里曾记赵萝蕤晚年批评钱锺书精力浪费在 18 世纪英国作家身上，她老人家真该看看这些笔记。

另外，杨绛说她几乎读过《潘彼得》作者巴里的全部小说和剧作，钱锺书只从一部 *My Lady Nicotine*（no. 6 末尾）摘了几句话在笔记中；杨绛又说"文学史上小家的书往往甚可读"，提到过 John Masefield 有"《沙德·哈克》、《奥德塔》两部小说，写得特好，至今难忘其中气氛"，*Sard Harker* 见于笔记之中（no. 8 末尾），也是草草抄了两句话而已。这一对"海天鹣鲽"（第一本笔记扉页钤印）读书趣味的异同，说来倒也有意思。

钱锺书写英语论文《十七、十八世纪英国文学里的中国》，用的好多资料都不见于这十本笔记中。论文说自己受 Pierre Martino 的书《十七、十八世纪法国文学里的东方》（1906）之启发，笔记中只有此人一部论当代文学的《高蹈派与象征主义》（1925）；又说追随的先驱还有 Brunetière，可我们也找不到他论文提到的那部八卷本《法国文学史批评》（简称 *Études critiques*），只有另外一部四卷本的《法国古典文学史》（no. 7，前面抄录了意大利文学史家对文艺复兴时期不同阶段的划分等意见，后文赞同作者对伊拉斯谟的评价，并关注了老 Scaliger 的《诗学》一书）。关注钱锺书的人应该都注意到他在牛津的师承关系，他学术上的导师是 Herbert Francis Brett Brett-Smith（1884—1951）。20 世纪 30 年代后，一些文人学士在牛津组成规模不小的一个团体，名曰"洞穴"（Cave），典出《圣经·撒母耳上》的"亚杜兰洞"（the Cave of Adullam）故事。成员除了 Brett-Smith 之外，还有刘易斯（C. S. Lewis）、托尔金，以及 Neville Coghill、Hugo Dyson 及 Leonard Rice-Oxley 几位学者，或又添上 Coghill 的学生 Cleanth Brooks、R. B. McKerrow 与 F. P. Wilson。其中钱锺书的导师和 McKerrow 都以文本校理而见长，多有校勘整理英文经典著作的成就。Brooks 曾云此圈中学人的治学经验有两点，一是关注 what the text says 而非 what the text means，一是好从传记家、文学史家和辞书编纂者的成果中寻求解诗之密钥。前者可理解为对校勘学或修辞学的重视，后者则是功夫在诗外的意思，即从掌故、渊源和语义及语境的变化中研究文学。这些似乎与钱锺书的读书论学方式多少有些关系。对于后来才以《纳尼亚传奇》出名的刘易斯，钱锺书对他的随笔集和学术著作读得比较多，《管锥编》中数引其书；《指环王》作者托尔金也是中古文学的学者，我在翻看《容安馆札记》时偶见钱锺书论及童话故事的 Happy Ending，曾引述这位埃克塞特校友发明的 Eucatastrophe（谓故事主人公在逆境中突然得以善终收场）概念。至于那位 Rice-Oxley 教授，据说他正是 1937 年 6 月钱锺书送交论文后的考官之一。另外，这个团体名字既典出"亚杜兰洞"，意指大卫之庇护所，旧约中大卫要密谋反对扫罗，据他人考证，扫罗是影射当时英国文学研究界的一个大人物，牛津墨顿学院（杨宪益在此读书）的教授 David Nichol Smith（1875—1962），钱锺书读此人一部《莎士比亚在 18 世纪》，有笔记留存（no. 9）。

我们从笔记中注意到，钱锺书留学期间还读了很多心理学的书，尤其是一些新出版的心理分析学派的著作。这些研究往往与文学所体察的问题相关，故后来谈诗论艺时他对此能大加阐发，使用过诸如"反转"、"测验法"、"投射"、"同时反衬现象"、"疲乏律"、"补偿反应"、"通感"、"愿望满足"、"白昼遗留之心印"与"睡眠时之五官刺激"、"比邻联想"、"意识流"或"思波"、"失口"、"反作用形成"、"抑遏"、"防御"、"占守"等术语。我们由其早期所读的相关书籍来看，他使用这些术语是有一个长时期、广范围之准备的。

正经论著里的出处往往在此还寻见不得，写游戏文章的材料倒是一查就得了一个。在第八本笔记中，他读 J. Barbey D'Aurevilly 的 *Les Diaboliques* 六篇，我们想起《魔鬼夜访钱锺书先生》中引过一句"火烧不暖的屁股"，这见于第五篇，果然在此抄着法语原文，可译作：

"尽管地狱暖烘烘，鬼臀依旧冷冰冰"，——据那些在黑弥撒中与之交合的女巫们说。

钱锺书一定对自己读过此书而得意不已，文章中的"钱锺书先生"就这样恭维"魔鬼"："你刚才提起《魔女记》已使我惊佩了。"他抄书贪多求快，遇见有趣的掌故来不及详记原文，就干脆以汉语文言概述。比如《魔女记》第六篇记 La Duchesse D'Arcos de Sierra-Leone：

西班牙最贵妇，platonically 爱一人，其夫知之，当面命黑奴杀此人，剜心掷二狗食之，必辱之也。女求食心不许，与狗争。愤出亡法国为妓，亦以辱其夫也，求生梅毒，果然。

不知是牛津教授圈子的学风使然，还是钱锺书自己也酷爱掌故轶闻，笔记中出现了好多传记、回忆录和掌故杂俎的书。比如王尔德同性情人 Alfred Douglas 曝露隐私的自叙、斯威夫特身后被公开的秘密情书、爱丽丝·梅内尔（Alice Meynell）之女为她写的传记等。他还注意大作家身边之小作家的表现，比如雪莱之密友、伍尔芙之父、马修·阿诺德之侄女婿、叶芝之心腹这类人物的书或传记，他也有兴趣一观。至于像当时正活跃的布卢姆茨伯里派诸多成员，我们都可以在读书笔记中找到他们的踪影。交游极为广泛的弗兰克·赫里斯（Frank Harris）那卷帙庞大的名人交游丛录《当代群像》（*Contemporary Portraits*，有五编），钱锺书在此两度抄读。其中说老相识萧伯纳"面孔瘦削多骨，缘于凡事爱追根究底"（a long bony face corresponding to a tendency to get to bedrock everywhere）；又如记达尔文走红之时，身边为一众聒噪女士所包围，好似蜜蜂凑在一碟子糖块上，问他如何避免再从人退化成猴子；还说卡莱尔"无色欲，故不知美感。其妻以此郁郁而死"（钱氏以中文简述）。赫里斯那著名的禁书，充满了露骨描述的自传，还被称作"西洋《金瓶梅》"的，不知道钱锺书读过没有。

Richard Le Gallienne 的《浪漫的九十年代》这部回忆录也是充满了八卦，钱锺书忍不住拿中文记录的，比如说"Spencer 与人辩不合必至气厥，ear-clip 无用，与人语而喜亦然。命老妇弹琴以解之"，看到就令人忍俊不禁。Arthur St. John Adcock 的《今日格拉布街之诸神》（*Gods of Modern Grub Street*，1923），是名记者写的当代文坛掌故书，其中钱锺书摘录了对约翰·布肯（John Buchan）的一段描述，说"此一平庸之苏格兰人，偏偏怀有不可救药的感伤之心"云云，钱锺书那时真爱翻读布肯的小说，目录中频频出现，然而一般不过只是摘录一两句有趣的描述或对白而已。其中 *Greenmantle*（1916）那本小说就是《三十九级台阶》的续篇，笔记下面画的两张人面草图，应该是钱锺书在揣想小说家所谓"slept like logs"的样子。

钱锺书到了英国，对英语作家善讽刺、诙谐之人物多有留意。他读了幽默小说家伍德豪斯（P. G. Wodehouse）编选的《一个世纪的幽默》，似乎有些不满，以英语评论，大意谓此集等于是把好作家的坏故事集在一起了。他以打字机完成的笔记，有一则读 *Punch* 杂志的幽默作家 Thomas Hood 自选集（no. 5），其中论再婚，谓此遭遇鲜有境况改观者，好比独裁政府二次鼎革，第一次还是白银，再度就成了黄铜了。他更喜欢的一位 *Punch* 作家是 Frank Anstey，笔记中五六次出现此人的作品，但大多只有摘录零星几句话。有一处（III，页 269）说：一位诗人是个强壮的运动员青年，虽则他留着长发——要么那头长发倒是个意外事件，好像力士参孙的情况那样。

钱锺书要是没读到赫里斯《吾生吾爱》，心里一定觉得痒痒的。他能顺手给吴组缃开黄书单子，这时自然也想必乐于在单子上再添几笔。他读到庞德翻译的 Remy de Gourmont《爱之博物学》(*The Natural Philosophy of Love*)，记下两个术语，一是"Zoöerotism"并附中译文"人兽交"，一是"Scatophilia"（嗜粪癖），又记"spider 雌交尾未完食雄"。我们从笔记中知道他至少读过两部 Victor Marguerite 的法文小说，其中一部就是使作者丢了荣誉勋章的惊世骇俗之作，《单身女孩儿》(*La Garçonne*, 1936)。钱锺书在笔记中罗列其"immoral descriptions"，其中有"男人在戏院中手淫女人"、"杂交野合"以及"玻璃房子 (Chambre de glaces)，女子狎妓同性交"等"罪名"。

第一辑简介中关于第二本笔记的拉丁语格言，"nulla dies sine linea, qui scribit bis legit"（没有一天不写一行，谁写，谁看两遍），那本来是两句话，不该放在一起的。前句出自老普林尼所引画师 Apelles 之遗言，谓无日不动笔也，原是画笔，这里可引申为抄书之笔；后句则是中古拉丁俗谚，可译作"动笔胜似两回读"。前言说钱锺书后来的笔记有题作"Noctes Atticae or Notes in an Attic"者，中文版少一"or"字，若译作"亭子间读书笔记"，只是后面部分，前面是"阿提卡之夜"，即钱锺书喜爱的拉丁学者 Aulus Gellius 的学问笔札之书题。目录中也有些问题：第一册，John Hay Beith 的笔名是 Ian Hay，不是 Jan Hay；第二册中把 Richard Whiteing 拼成了 Richard Whitening，法文小说《群山之王》(*Le roi des montagnes*, 1856) 的标题

Montagnes 误排作罗密欧的族名 Montagues，目录和页眉标题在第 450 页至第 468 页之间漏掉了 Marvin Lowenthal 编译的《蒙田自叙》（*The Autobiography of Michel de Montaigne*）一书和数页英语警句选抄，全当成 Logan Pearsall Smith 的那本《再细读与反思》（书名 Reperusals 被拼成 Reperisals 了）的内容。第三册，Louis Petit de Julleville 的名字掉了一个"de"字，W. Pert Ridge 本该是 William Pett Ridge。今天读者都知道格罗史密思兄弟写的《小人物日记》十分有趣。《容安馆札记》第一九二则，钱锺书回忆昔年在巴黎旧书肆发现这本书的过程也为人所熟知。钱锺书说，"忆在 Hugh Kingsmill, *Frank Harris* 中睹其名"，因此见到就买下来。我们在《外文笔记》第三册目录中看到这个题目，好奇他为何箧中有书还要抄录。翻看才知，起始页页眉上的"George & Weedon Grossmith: 'The Diary of a Nobody'"并不是笔记的标题，而正是从 Hugh Kingsmill 为他老东家赫里斯写的那部传记中偶然记下的一个书名，如此就和《札记》所说的吻合了，这册根本没有《小人物日记》的读书笔记。

（《上海书评》2014 年 7 月 20 日）

钱锺书读"娄卜"之三：《鲁辛著作集》篇

20 世纪中国译介西方古典文学最有影响的两位，当属罗念生和周作人。这两位在几个选题上都有交集，比如伊索寓言，比如欧里庇得斯的悲剧。而重复最多的，则是 2 世纪生活于罗马帝国白银时代以希腊文写作的一位叙利亚讽刺作家，名叫 Lucianus Samosatensis（约 125—180），周作人自 20 年代即着手译其短篇，身后出版两册《路吉阿诺斯对话集》（先出的《卢奇安对话集》问题较多）。罗念生也曾在 70 年代末与几个学生合译了一部《琉善哲学文选》。译名"琉善"，是周、罗两人于翻译古希腊人名体例上的分歧所在，罗氏用的是英译名（Lucian），而"路吉阿诺斯"是周作人从古希腊文发音译出，是名从主人的意思。在 1924 年商务印书馆出版的《标准汉译外国人名地名表》中，拟定的汉译"标准"译名是"琉细安"，在 20 世纪 30 年代商务的很多学术译著中都用此名。1951 年，周作人在《翻译通报》第二卷第二期发表《名从主人的音译》一文，就以此为例，议论说："Lucian，表作琉细安，这也是够奇怪的"，这个意见完全不被重视。过去数十年被接受的"琉善"，服从的是20世纪50年代出版的《马克思恩格斯全集》中译本第一卷里的定称，20世纪60年代中华书局《辞海》试行本也采用了此名。

而在钱锺书的阅读世界里，他自己另外造了个译名，《管锥编》把"Lucian"译作"鲁辛"，共引其著作六次，此文名从主便，也姑且使用"鲁辛"这个译名。钱锺书残稿有一篇《欧洲文学里的中国》（载《中国学术》第13辑），其中说本文所引的希腊作者，"除掉鲁辛之外，都不能算是大家"，则鲁辛于钱目中也是一位大家了。但这篇文章没有写完，鲁辛记述中国的材料没有抄录进来，我们查一下戈岱司的《希腊拉丁作家远东古文献辑录》，便知鲁辛提及"赛里斯"（Seres）两处，一处较短，见于罗念生译的《摆渡》（周作人译《过渡》）；《欧洲文学里的中国》又说"后来西洋人所赞美的中国人不酗酒的美德，古代的鲁辛早已暗示了"，未注出处，当指其人记录传闻，谓能活三百岁的中国人秘诀在于只喝水，这见于《论长生者》（*Macrobii*）一篇。

《容安馆札记》第二百三十三则，是读娄卜古典丛书本鲁辛著作集的笔札，止于第五册。《管锥编》所引也是限于前五册。查娄卜丛书此集共八册，后三册的初版时间分别在1959、1961和1967年，可能钱锺书没有办法读到。周作人写于1964年的《愉快的工作》说，图书馆中只寻得到前六册。而他能够翻译第七册的诸神对话、死人对话和娼妓对话，得益于柳存仁后来寄书给他。罗念生等人译《琉善哲学文选》也以第七册的内容为重点，与周作人一样，篇目里没有第六册、第八册的内容。

我总猜疑钱锺书早年的阅读经验里存在着知堂先生的影响，虽然说可能随后即自信超越之，故反而一再对周作人的爱好与观点甚至文风进行批评。如他读《陶庵梦忆》的笔记开篇所说，"儿时爱读此书，后因周作人林语堂辈推崇太过，遂置不复道"；他引汪曰祯《湖雅》的"蚊赞"一文，实也早见于周作人的《夜读抄·蠕范》（1933 年），因引述之语境特别相似，难说不是受过启发的。钱锺书笔记中读《心史丛刻》一集"金圣叹考"，旁注曰："周作人《苦竹杂记·读金圣叹》一文偶有可补心史处，如引周雪客覆刻本《才子必读书》有徐而庵序。"读鲁辛集第一篇就是周作人 1924 年即已介绍过的《苍蝇颂》（*Muscae Encomium*，晚年知堂译此篇，改题为《苍蝇赞》），周作人在《苍蝇》一文中称许苍蝇的生命力，其"固执与大胆，引起好些人的赞叹"：

希腊路吉亚诺思（Lukianos）的《苍蝇颂》中说："苍蝇在被切去了头之后，也能生活好些时光。"

实际上，周文全篇几乎就是鲁辛原作的译述，故而钱锺书定要另觅可叹赏之处，于是他单单抄出一节未被知堂所重视的内容，罗列可参对之文献，加以议论：

"But in the dark as I have said, she does nothing: she has

no desire for stealthy actions and no thought of disgraceful deeds which would discredit her if they were done by daylight." (p. 91). 按 *Table Talk of Martin Luther*, DCCCCIV,: "I am a great enemy to flies: Quia sunt imagines diaboli et haereticorum. They soil what is pure." ("Bohns' Library", p.367). Merlin Cocajo 撰 *Moscheide* 诗（详见 Francesco de Sanctis, *Storia della Letteratura Italiana*, tr. by Joan Redfern, pp. 533 ff.; Luigi Russo, ed. *Gli Scrittori d'Italia*, I, p. 396）。《尔雅》有丑扇之诮，《诗经》来谇人之刺。Lucian 意在翻案，却无胜义，唯此一事，颇为得间。丁传靖《闇公诗存》卷三《蝇》云："乌衣绛帻气昂藏，尽说趋炎积毁伤。试问仲翔宾散后，有谁门馆吊凄凉"；"风动帘开去便回，座中麈尾莫相猜。眼前多少懦懦辈，几个曾钻故纸来"；"营营尘海总劳薪，偏尔逢场动取嗔。一事犹堪见风骨，从来暮夜不干人"。末句心思正同。

马丁·路德的那句拉丁文，意思是将苍蝇视为异端和魔鬼的化身。Merlin Cocajo 是文艺复兴时期意大利大诗人、《波尔多斯纪》（*Baldo*，有 I Tatti 文艺复兴丛书本）的作者特奥费洛·佛朗哥（Teofilo Folengo，1491—1544）的笔名，他专写混合意大利方言和拉丁文的诗（Macaronic 体），*Moscheide* 可译作《蝇志》(mosca 即苍蝇之谓)，盖以骑士文学的叙事诗形式写虫族之战争，以虱、蚁、蜘蛛战胜蝇族告终。钱锺书说，鲁辛之作"意在翻案"，可翻的是什么案呢？《苍蝇颂》中所引的古人旧说，是荷马史诗将勇士的无畏比作苍蝇，以及传说恋爱美少年恩底弥翁（Endymion）的女子（Myia，希腊文中即指苍蝇）化成苍蝇后仍喜叮吮人的故事，都不足构成此节颂苍蝇明人不做暗事的对立面。则所翻之案，乃是中国的古典（《尔雅》、《诗经》）和西方后世的新说（马丁·路德、佛朗哥）。关于后者，钱锺书补记了几则，包括叔本华的痛斥（以蝇为无耻傲慢的化身，其他动物于人前皆知惭羞逋避，唯蝇驱之不去，复落于人之鼻尖）、李义山的《杂纂》（"扇不去苍蝇，遣不动旧亲情"），还有Thomas Dekker 和布封的观点。补记又言："《庄子·胠箧篇》论盗亦有道，即此翻案法"。考"翻案"一体之得名，似出于李渔，西人古时有 Palinode 之称，早见于古希腊诗人 Stesichorus，都是指对旧词陈见的翻覆而言，绝不会未有《离骚》而先有《反离骚》，未读《西厢》而别作《翻西厢》的，钱锺书如此用法只可视作对于鲁辛见解独创、别于一般论调的称许而已。

钱锺书所读鲁辛的名篇 A True Story，译题作《实录》，见《管锥编》"《太平广记》卷四五九《舒州人》"，引其中"吾嗫嚅勿敢出诸口，恐君辈不信，斥我打谎语也"（I am reluctant to tell for fear that you may think me lying on account of the incredulity of the story）一语，以印证"记事而复言理所必无，即欲示事之真有；自疑其理，正所以坚人之信其事"的"文家狡狯"之法。札记列举此篇类似之语颇多，可知《管锥编》此篇"每曰"所由来。札记言《实录》一篇：

此千古"Lügendichtungen"之嚆矢（参观 William Rose, *Men, Myth, & Movements in German Literature*, pp. 118 ff.）。其于 *Travels of Baron Munchausen* 如积水之于层冰，与 *Gulliver's Travels* 却非一家眷属。W. A. Eddy, *Critical Study of Gulliver's Travels*, pp. 158 ff.，考论 Swift 渊源，Lucian 处未为确切，如谓 Laputa 之出于 *Endymion's Island* 殊近附会。窃谓后人沾丐 Lucian，在其远游之大意，不在志怪之细节。

Lügendichtungen 意思是"荒诞无稽的故事"。此节引文之后，钱锺书列出了鲁辛欲语奇闻先言读者必不肯信的几处例句，认为这就是斯威夫特在《格列佛游记》开篇"致读者"所仿效的对象。W. A. Eddy 的那本书本题作 *Gulliver's Travels, a critical study*，其中将鲁辛此篇关于恩底弥翁之岛的描述与格列佛的飞岛（Laputa）游记的相似段落加以比照，以为是径直之仿作。周作人晚年回忆说，在日本留学时读到"路吉阿诺斯"的选集《月界旅行》（*Trips to the Moon*，1887，Cassell's National Library 之一种，周作人记得是 William Tooke 的旧译，其实是 Thomas Francklin 的译本），便发现斯威夫特受他影响，在 1951 年发表于《翻译通报》的《翻译计划的一项目》中，也说《信史》在后世的影响很大，《格列佛游记》"是最有名的例子"。钱锺书则不以为然，认为细节上不必如此牵强附会。札记下文又论鲁辛之想象力：

全书所见，以舟入鲸腹最见幻想（pp. 287 ff.），*Il Pentamerone*, v. 8（tr. B. Croce, p. 519），Nennella 为大鱼所吞，见中有园林宫室。C. Collodi, *Le Anventure di Pinocchio*, cap. 34, 35（Saluni Editore, pp. 185 ff.），Geppetho 居鱼腹二年，子亦被吞，与父会。吾国《后西游记》第三十四回，唐半偈猪一戒沙弥误入蜃妖腹中五脏神庙。黄公度《人境庐诗草》卷五"春夜招乡人饮"："又言太平洋，地当西南缺。下有海王宫，蛟螭恣出没。漫空白雨跳，往往鱼吐沫。曾有千斛舟，随波入长舌。天地黑如磐，腥风吹雨血。转肠入轮回，遗矢幸出穴。始知出鱼腹，人人庆复活。"记载其事。Fielding 酷嗜 Lucian，其 *Jonathan Wild*, BK IV, ch. 9 中 Mrs. Heartfree 述航海奇遇，即学 Lucian……

故而反倒是菲尔丁情节描摹上以鲁辛为蓝本了。我读到这里，对于钱锺书的判断非常佩服。因为最近我留意到有一本题为《鲁辛及其在欧洲的影响》（Christopher Robinson, *Lucian and His Influence in Europe*, 1979）的书，里面专门有个章节即作"伊拉斯谟与菲尔丁"，伊拉斯谟在欧洲尤其是英国传播鲁辛著作的功劳是众所周知的了，菲尔丁能与其比肩而论，足见这分量有多大了。这部书甚至还把影响或有似无的莎士比亚都摆了进来，对于斯威夫特反倒不置一词。

札记继而又回到《实录》此篇之"大意"上来。分明是突梯怪诞的故事，缘何名作"实录"，因为作者有意嘲讽那些古代的文豪、哲人与历史学家，比如荷马与柏拉图，泰西俄斯（Ctesias of Cnidos）与希罗多德，他们的著作中都有怪诞不经的记述，在鲁辛笔下，"我"亲睹这些学者在冥界因说谎而受着最严酷的刑罚。"但是我的谎话比他们可靠些，因为我至少说了一句真话，即我承认自己在说谎了"（But my lying is far more honest than theirs, for though I tell the truth in nothing else, I shall at least be truthful in saying that I am a liar），钱锺书说，"即本 Chrysipus 之'The Liar'悖论（'If a person says，"I am lying"，does he lie or tell the truth?'）"，于此颇为得意："不知有谁人拈出否？"补记又云：

> Goebbels 尝 云 "In der Größe der Lüge liegt immer ein gewisser Faktor des Geglaubtwerdens."（A. Koestler, *The Yogi &. the Commissar*, p.45），殊有至理，故若 Lucian 之言，唐大而不能使人信，未足为打谎语也。

这里所谓戈培尔说的"大谎之中常有些许可信的成分"一语，其实出自希特勒《我的奋斗》第一卷第十章，有些英译本或据英译本转出的汉译本多无此节。James Murphy 的译本里，这句作"in the big lie there is always a certain force of credibility"，按"big lie"或"Große Lüge"，即本于希特勒此书，后得戈培尔发扬之。意谓小民日常生活中会扯些小谎，却料不到有人敢于厚颜无耻地摆出弥天大谎。钱锺书说，相比之下，鲁辛之言空大不实，无人肯信，毕竟说谎的技巧不够。最近披露的钱锺书致李国强信中说："尊函中于做官说诳所树立之二不主义，同辈中殆无第二人；两事如鸡生蛋、蛋生鸡，盖做官必说诳，而说诳亦导致做官。常语称客观不实，主管不诚，空谈夸语曰：'打官话'，即'官'之'话'不作准、不可信，足证说诳乃做官之职业罪过也。"似可作为参证的材料。

钱锺书读鲁辛著作集的第三册，札记抄录了其中两篇的内容，都是描写篾片清客的言语。我发现钱锺书读书，对于世态中"以市道交"之人多有所留意，凡有于此辈描摹惟妙惟肖者，均予以抄录。他说鲁辛的《论寄食豪贵者》（*On Salaried Posts in Great Houses*）"描写尽门客侬人之苦况"，后世《小癞子》、《吉尔·布拉斯》（这两部小说都有杨绛译本）写小人物谄媚趋附之貌，皆本于此。钱锺书又评价《寄生之技艺》（*The Parasite*）一篇："虽创'Parasite'（Technê Parasitikê）之名，而以 Simon 为'craftsman in [the art]'，却无发明，未能如《品花宝鉴》第十八回论篾片之精微透彻也。"此下他引述小说以及《归田琐记》各自不同的清客十字令，以及缪艮《途说》的"把势十全诀"，看起来似乎鲁辛于此道不胜笔力，远不及中国文人的精通。我们在此可对读《容安馆札记》第二百十则的一节，钱锺书摘录 Athenaeus《哲人燕谈录》第六卷所写的"帮闲食客谀媚无耻之状"：君上病目，清客以布蔽一眼；会食时君上误尝苦物，清客亦攒眉作欲吐状（参观 Juvenal 讽刺诗：igniculum brumae si tempore poscas, accipit endromidem; si dixeris 'aestuo,' sudat.[冬日方命生火，他便披袍；你才言"热"，他即汗出])。又有食客见君上于稠人中笑语，亦捧腹而笑，主怪问其故，答曰："我信主公所言必值一粲"（I put my trust in you, that whatever was said was laughable，札记又引 Juvenal 诗，Rides, maiore cachinno concutitur.[君方启颜，渠即露齿]。并清都散客《笑赞》："一聋者曰：你们所笑，定然不差"。）可见，西方古典文学对食客形象的讽刺实也并不逊色。

我们对于 Lukianos 或是 Lucian 这位特殊的古典作家，总记得的，是周作人或罗念生的译介之功，周作人一生最大的心愿就是翻译"路吉阿诺斯对话集"，欣赏的是其人"坚硬而漂亮的智慧"，"有时候真带着些野蛮的快乐"，这个思路带动了民国时期施蛰存、戴望舒、沈宝基、伍光建等人的相关翻译活动。郑振铎在《世界文库发刊缘起》（1935）中，声称"对于希腊罗马的古典著作，尤将特别的加以重视"，最后提到的两个人，即 Lucian 和 Plutarch（未附译名）。而罗念生翻译《琉善哲学文选》，则表彰其"抨击一切唯心主义哲学派别，高举唯物主义哲学的旗帜"，这是僵化思想指导的欧洲哲学史先已确定了的判词。周、罗这两位译者的动机都太强烈了，对于我们认识原作者多少都是一种妨害。相比之下，钱锺书的读书札记，随处漫谈，反倒使其文笔与思想显得更为生动和深切了。

（《上海书评》2013 年 6 月 23 日）

一、钱锺书读中国古典小说选述
——槐鉴脞录之一

钱锺书自 1930 年在《清华周刊》发表他的《小说琐征》，此后十余年间，又有《小说识小》(1945)、《小说识小续》(1947) 和《读小说偶忆》(1948) 先后见诸报刊。这些札记体的文章都是他平时读古典小说（也包括了一部分西方小说）的心得，尤其体现出对创作构思的独创与因袭之辨的重视。有些条目议论的是类如《野叟曝言》、《续西游记》、《西游补》这样较为冷门的作品，以钱氏之才力，所见自然都是非常可贵的。而他还有关于《西游记》、《红楼梦》、《儒林外史》等聚讼纷纭的热门小说某些细节问题的看法，亦能掯撅他书，揭示渊源，有不少内容直到今天也值得为编纂各家名著研究资料汇编者所采纳。《小说琐征》这篇少作，行文中有"可补周氏《小说旧闻钞》之遗"、"可补蒋氏《小说考证》、钱氏《小说丛考》之所未及"等按语，可见年方二十岁的"中书君"意气风发的神情。后来，他时而重温故书，还会有新的发现，比如指出《儒林外史》第二十九回萧金铉诗"桃花何苦红如此，杨柳忽然青可怜"本自袁洁《蠡庄诗话》卷四记张啸苏句，这早见于20世纪50年代的札记残页中（《钱锺书手稿集·中文笔记》，第一册，第167页）；80年代修订《管锥编》，又提及《河南程氏外书》卷十程颐述宋仁宗时王随"何不以溺自照面"之诃语，乃是《金瓶梅》第十一回西门庆骂孙雪娥、《儒林外史》第三回胡屠户骂范进之习语的肇端（《管锥编》增订之一，第43页）；还曾为《西游记》、《封神演义》的变化斗法故事在佛经中找到了"虽导夫先路，而粗作大卖"的源头（增订之二，第178页）。

　　然而可惜钱锺书没有把他后来的发现再用来续写专文，我读2011年商务印书馆影印出版的二十册《钱锺书手稿集·中文笔记》，从20世纪30年代中期直记到20世纪90年代前期，是钱锺书大半生的读中文书的记录，单就读中国古典小说的部分已找出了许多有意思的内容。比如《小说识小》说"《后西游记》一书，暗淡不彰，人鲜称引"，以为惟有陈森《品花宝鉴》屡道之。实则吕熊《女仙外史》第四十回也曾提及《后西游记》，并且与《品花宝鉴》一样用不老婆婆的典故，《中文笔记》两度（第四册、第十六册）抄录《女仙外史》，都有不老婆婆玉火钳这段文字。又比如《梼杌萃编》第二十四回赛金花一节札记，谓"一部《孽海花》造端于此"；抄《儿女英雄传》第二回时补注说"《官场现形记》全书即此回之踵事增华耳"，等等。在此无法一一论说。钱锺书早年有言，"他们有一种业余消遣者的随便和从容，他们不慌不忙地浏览。每到有什么意见，他们随手在书边的空白上注几个字，写一个问号或感叹号"，"这些零星随感并非他们对于整部书的结论"，"反正是消遣"（《写在人生边上·序》，1939）。现在看起来，这是他贯彻了一生的读书态度与趣味，零星的随感经过岁月的累积，才会变得如此丰富可观。我把这些有意思的内容辑录起来，与钱锺书生前发表过的著述进行参照，想必是为读者所乐于读到的。囿于篇幅的考虑，在此先介绍其中几部。

《醒世姻缘传》

《醒世姻缘传》受到钱锺书重视，与李葆恂、黄遵宪等人的意见不无关系。李葆恂《旧学盦笔记》云："《醒世姻缘》可为快书第一，每一下笔辄数十行，有长江大河浑灏流转之观……意深思沉，有《匪风》、《下泉》之思，国朝小说唯《儒林外史》堪与匹敌，而沉郁痛快处似尚不如。"《林纾的翻译》一文的脚注（不见于1964年初刊本与1979年《旧文四篇》本中，至1985年《七缀集》本中方增入此节）中，钱锺书即引此文及李慈铭日记、黄遵宪书信，这些均见于钱锺书这则读书笔记。他起初对于李葆恂否定作者是蒲松龄的看法略有质疑，故而在页边补白引《旧学盦笔记》文字后的按语中说：

> 《聊斋文集》卷十，"妙音经续言"、"怕婆经疏"二文，

尤足与此书相发明，与《志异》中悍妇诸则辅佐。

笔记正文开篇也说：

> 《聊斋》"江城"情事与此酷似。聊斋好写悍妇，如尹氏（"马介甫"）、辛氏（"孙生"）、申氏（"大男"）、牛氏（"张诚"）、王氏（"吕无病"）、蔺氏（"锦瑟"）、金氏（"邵女"）皆是也。《昭代丛书》癸集，杨复吉《梦阑琐笔》，记鲍以文云："留仙尚有《醒世姻缘》小说，盖有所指。书成为其家所讦，至褫其衿。"《骨董琐记》卷七一则，即全袭杨氏语而未言所出。

查 1926 年明斋本和后来的全编本《骨董琐记》，卷七"蒲留仙"一则，分明都提及出处，说"未言所出"当是钱锺书记错了。反倒是钱锺书这段见解，和胡适那篇著名的《醒世姻缘传考证》（1931）完全重复而"未言所出"。这与钱锺书性格甚不合，推测是为避讳而略去出处。至于后来路大荒、金性尧等人的不同意见，钱锺书只言不提。而"至褫其衿"的说法是否与蒲松龄生平相违，他也没有追究。抄录到第六十二回那大段关于"怕老婆"的论说处，旁注云：

> 猪精乌大王事，见唐人小说，陈阁老事附益之，不知所本。58 回相于廷、97 回周相公道及之"回波栲栳"之谑，

由来已久，至明而《狮吼记》、《歌代啸》、《怕婆经》（见祝枝山《猥谈》）相继问世，竟成文家惯题。尤极大观于此书，以蒲松龄《聊斋文集》（路大荒编本）卷十"妙音经续言"、"怕婆经疏"二文征之，益信鲍以文之言为不虚。亦由明人惧内成风，观《五杂俎》卷八、《野获编》卷五、补遗卷三、《露书》卷六、七可见一斑（《日札》六三一则、五九七则可参观）。《说郛·玄怪录》有郭元振诛乌将军一则，《太平广记》未收。

可见钱锺书此时依然赞同胡适的立论。第八十八回又注：

> 信佛尊道，侈言因果报施，而于僧尼道士嬉笑怒骂，此书与《聊斋》相类处也。

而在《野叟曝言》后的笔记中，有一段被圈起来，注明"此乃《醒世姻缘》，误书于此"的，则云：

> 此书见存刻本最早者，38、81回"天地玄黄"，"玄"字未改"元"字，当刊于康熙登极以前。11、15、48回"搜检"均作"搜简"，91回"检阅"、"巡检"，两"检"字亦作"简"。100回，"王者叫简他的记录"。据《国榷》，崇祯四年四月辛酉改巡检司印，以检为简，文犯御讳也。盖明思宗名由检。17、24回道及草豆官买，亦崇祯七年后

事也。想成书在明末耳。

　　竟已全然推翻旧说了。这段补记或许是 20 世纪 80 年代钱锺书读到王守义、曹大为等人的考证文章后所加上去的，虽无另外独家发现之处，但至少表明了他晚年对小说成书年代的最终看法。

　　不过，钱锺书对这部小说的整体结构并不满意，第三十回补注即指出作者"谋篇之懒而杂"，"名为长篇小说，实则每如《儒林外史》之插入短篇故事"。但他也认为书中"写秀才刁恶诸状，如麻从吾、汪为露等，《儒林外史》所无"（第三十三回注）。

　　钱锺书在抄录间往往拈出有来源的内容，如第六回："垫上坐着一个大红长毛的肥胖狮子猫……闭着眼朝着那本《心经》打呼庐，那卖猫的人说道：'这猫是西竺国如来菩萨家的，只因他……把一个偷琉璃灯油的老鼠咬杀了……你细听来，他却不是打胡庐，他是念佛，一句句念道"观自在菩萨"不住。'"钱注云：

　　　　干红猫事本洪景庐《夷坚三志》己九，《古今谈概》卷二十一亦载之。（"干红猫"："孙三出戒其妻曰：照管猫儿，都城并无此种"）。震钧《天咫偶闻》卷十："昔龚定庵咏狮猫诗云：京城俊物首推渠。蒋叔起超伯有悼猫文，亦京城狮猫也。诚以狮猫为京城尤物"云云。按，《弇州山人稿》

卷一百十三"戏为狮猫弹事"。

又录第四十一回狄希陈借塾师出殡举哀而实哭其与相好别离一事，钱锺书注：

> 隐用《宋书·刘怀慎传》，"人问：'卿那得此付急泪？'羊志曰：'我尔时自哭亡妾耳。'"

还有第四十二回于"天下游奕大将军"处，谓"隐袭《昙花记》之'半天游戏神'"，也属此例。钱锺书对《醒世姻缘传》中的用字也有注意，如第九回旁注说："己字此书屡见，即给字也。韩愈诗《嘲少年》'直把春偿酒，都将命乞花'。五百家注：'乞，与人物也，音气'，即此己字"。按"己"字作"给"字解，属于土话。他时而将比较特别的用字和修辞（主要指涉及秽亵用语的内容）与其他小说进行比较。笔记重视食、色两个人性最基本需要的环节，曾以为梅毒见于小说，莫早于《醒世姻缘传》（见第二十五回旁注，不过后来又补上了更早的《警世通言》，这使人想起方鸿渐的演讲）。而于小说中两见之食物，"高邮鸭蛋"（第五十回、七十九回），则引孔尚任"食秦邮董酥分韵"一诗印证。又于五十六、八十七、九十一回议京师妇人之恶习处，反复征引《五杂俎》和《野获编》，以观明清社会风俗（可对照《中文笔记》第一册第41页，及《品花宝鉴》第十二回）。还有第七十二回注岁饥食人肉、七十六回注"两头

95

大"、八十七回注手淫，也都征引极多。尤其最后一注，可补胡文辉先生的《打飞机的文学史》：

（"我就浪的荒了，使手捱也不要你"一语）即 Eric Partridge, *Dict. of Slang*, p. 277："finger-jack!" 参观《金瓶梅》37、79 回，王六儿用手揉着心子。若 p. 279 "fist-fucking"，则《西厢记》第三本第三折，"指头儿告了消乏"；第四折，"手执定指尖儿恁"。董解元词，"十个指头儿从来不孤，你孤眠了半世，不闲了一日。"《续西厢升仙记》第十一折，"摇荡一寸心旌，打尽许多手铳。"《倒鸳鸯》第二十折，"偶遇发兴的时节，不过放其手铳而已。"《绣榻野史》卷上，"刮童、放手铳，斫丧多了。"他如《西楼记》第十二折、《锦笺记》第十五折、《翻西厢》第十五折、《画中人》第二折、《肉蒲团》第四回，皆有手铳之说。《贪欢报》第二十三回，花生那物，直矗起来，不免劳五姑娘一齐动手，则法语所谓 "da veuve Poiguer"（from "Se po[i]guer"：masturber）。

如今以《思无邪汇宝》之类丛书检之，尚可再补充上《伴花眠》第三、七回，《姑妄言》卷六，《肉蒲团》的例子还有第二十回，此外又如《桃红香暖》第七回，《云影花阴》第十回，《枕瑶钗》第十七回，等等。

补记： 近日读 2015 年人民文学出版社所刊袁世硕、邹宗良最新校注本，认为此书最后完成于顺治五年前后，但小说中大多数内容显然还带有明末社会的痕迹，如七十七回以"骚子"这种蔑称北方少数民族的语词骂人刺探消息；八十四回所谓"如今兴的是你山东的山茧绸"，乃崇祯时风气，等等。

（《文景》2013 年 5 月号）

《野叟曝言》

《野叟曝言》在钱锺书心目中也是一部有得有失的作品。他在《读〈拉奥孔〉》一文中论及章回小说"欲知后事，且听下回"的惯套时，曾言"《野叟曝言》第五、第一〇六、第一二五、第一二九、第一三九回《总评》都讲'回末陡起奇波'，'以振全篇之势，而隔下回之影'，乃是'累赘呆板家起死回生丹药'"，可见"'富于包孕的片刻'正是'回末起波'、'鼓噪'的好时机"（参见第五回注）。《小说识小续》中则从整体着眼，评价说："《野叟曝言》中刻划人情世故，偶有佳处，写贱妇人口吻，亦能逼真，而事迹中破绽不少，如卫圣功何以迄无交代，文素臣既深恶和尚何以借居昭庆寺，素娥精通医药何至误服补天丸，李四嫂为连成画策诱石璇姑，何以计不及此。"《手稿集》的读书笔记中又说："此书情事每有警策，而文字不爽利，匪特不中为《水浒》、《金瓶梅》、《醒世姻缘传》奴仆，

较之《三言》、《两拍》亦远不如。"（第三回注）

第四十七回记斗方名士吟诗自得的段落，《札记》第一百九十则及七百八十则论述得颇为深入。《管锥编》两次用到这部分材料，一次是《太平广记》卷二五六"平曾"，论及修辞中描述人物与境地混合难分的"习用技俩"，引此回李姓名士咏梅诗"月下朦胧惊我眼，如何空剩老丫叉"二句，即月光与梅花融为一片之意，说明此法被人用得烂熟，颇有谑趣。另一次见于《太平广记》卷三六九"元无有"，写自矜篇什者"不知有旁观窃听，绝倒于地者"，亦以此回为后世讽刺文士的一个例子。

关于《野叟曝言》中的蹈袭偷师之处，《小说识小续》中只肯让我们略窥一斑，提到"第六十八回李又全诸姬妾所讲笑话多有所本"，挑了较雅驯的第三妾所讲之笑话，谓本自《湘山野录》。后来《管锥编》在《太平广记》卷二一八"华佗"中论"极怒始瘳"，谓源于《吕氏春秋·至忠》，"后世小说亦有师故智者"，遂举出第十九回文素臣撕扯知县小姐衣裙治其"闷痘"的情节。今人复以为小说此节当是取材于《志异续编》卷三"痘症"条（见王琼玲：《清代四大才学小说》，第152页），似乎没搞清楚源流先后关系，盖《志异续编》多有嘉庆年间之事，《野叟曝言》作者夏敬渠不可能见到此书。《管锥编》"《全晋文》卷五八"，论贾充置左右夫人，谓仿自《汉书·西域传》，引《野叟曝言》第一百二十一回"皇上有两全之道，田夫人为左夫人，公主为右夫人"，也是"稗官承正史之遗意"了。笔记中可以继续补充一些这方面的发现，《管锥编》"全晋文卷七一"，录陈寿帝蜀不帝魏及论诸葛亮不擅将略之语，引《曝书亭集》"陈寿论"、《潜研堂文集》"书《三国志》后"等，又引《野叟曝言》第七十八回文素臣的议论，钱锺书在笔记中就认为小说家可能是看过朱彝尊文章而发挥的。此外如七十四回，小说人物观戏，演唐贺兰进明食狗粪故事，素臣论"古来食性之异有不可解者"，评注云：

> 以下一节略本《古今谈概》卷九"食性异常"条，而误以明之赵嗣属唐……总评屡赞此书针线之密，此处不免败缺矣。

还有虽不算是蹈袭因陈，却反映类似之时代心理的内容，经由钱锺书点出，亦颇值得思索。如第一百三十四及一百三十七回，虚构文素臣囊括日本，攻入印度等事，旁注云：

> cf. 程廷祚《青溪文集》[续编] 卷三《莲花岛纪略》（宋仁宗时灭西洋献俘）、罗楙登《西洋记》、吕熊《女仙外史》54 回。

《女仙外史》第五十四回是写万国进贡的盛景。这类假想天朝强盛讨伐西洋的小说，晚清时期尤其多，如高阳氏不才子《电世界》、碧荷馆主人《新纪元》、陆士谔《新野叟曝言》等皆是。尤其陆氏此书，明显受到《野叟曝言》的影响。钱锺书可能都没看到过。

钱锺书读小说时心情都比较轻松，时有谐谑之语道出，令人解颐。如第四十一回写鸾吹小姐关了纱窗，"整整的睡了一日"，注评云：

何以形容未出闺前淑媛之贞静耶？可笑。下文屡见，如一二七回，已有妾为命妇矣，龙儿曰："怕大姑夫不肯。"鸾吹涨红了脸道："真个有这话吗？"董怀新《拟新乐府》云："女儿动止知羞赧，及作婆娘面如板"（梅成栋《吟斋笔存》卷一引），鸾吹其知免夫？

第十回中小说人物议论诗文之后，紧接写尼姑思春情事，原书此回总评谓："素臣论文论诗皆千古所未发，泄尽阴阳秘橐，恐干造物之忌，有雷轰龙攫交变。故须以了因赤身上床秽事禁之，如异书中之夹藏春画者然。"钱锺书评论说：

《二十年目睹之怪现状》89回，苟才与苟太太对话："大凡官照、劄子、银票等要紧东西里头，必要放了这个作为镇压之用。"《小方壶斋舆地丛钞》第九帙诸仁安《营口杂记》："其灶神一男一女，更贴污秽之形于厨，名曰'避火图'，大非处家所宜。"

至小说结尾，百寿堂开宴会，伶人将此书前百数十回故事搬上舞台，总评所谓"百篇戏文逐事重提"，"全书中未发之义，未补之漏，乃一一指点弥缝"，旁注评价说："用意殊巧，胜于《西游记》九十九回灵山上重数八十难九九数完，惜笔力不副"，还引《罗密欧与朱丽叶》剧终时劳伦斯教士的一席总结陈词，这是参考了大施莱格尔（A. W. Schlegel）的《批评著作与书信集》（*Kritische Schriften und Briefe*）里的说法（见于被席勒所赏的《论〈罗密欧与朱丽叶〉》那篇名文，韦勒克《近代文学批评史》第二卷也提到过此事）。并且说，《唐摭言》卷六（《全唐文》卷二九四）王冷然《论荐书》结语，"此书上论不雨，阴阳乖度；中愿相公进贤为务；下论仆身求用之路"云云，"亦此法"。这么郑重地引证类比，算是钱锺书对这部小说有所保留的最高赞美了。

（《南方都市报·阅读周刊》2013 年 12 月 22 日）

《金瓶梅》

　　1970 年代末，钱锺书访美，见到西方汉学家热衷研究《金瓶梅》的盛况（《美国学者对于中国文学的研究简况》）：

　　　　在哈佛的工作午餐会上，一个美国女讲师说："假如你们把《金瓶梅》当作'淫书'（porn），那么我们现代小说十之八九都会遭到你们的怒目而视（frown upon）了！"

说《金瓶梅》是"淫书"似乎的确出自钱锺书之口，当时在加大伯克利分校读书的水晶记载他以英语回答高斯薇（Victoria Cass）的话："《金瓶梅》是写实主义极好的一部著作，《红楼梦》从这本书里得到的好处很多，尽管如此，在中国的知识分子间，《金瓶梅》并不是一本尽人可以公开讨论的书，所以我听说美国有位女教席在讲授《金瓶梅》这本书时，吓了一跳，因为是淫书，床第间秽腻之事，她怎样教？"（《侍钱"抛书"杂记》）我们须记得《围城》里议论说："……看淫书淫画，是智力落后、神经失常的表示。"

《中文笔记》有两处抄录《金瓶梅》，一处见第八册，一处见第十九册。前者多是简要摘录的"趣谈"，后者篇幅特别长，开篇页眉补记的总评说：

> （《金瓶梅词话》）回目甚拙劣，甚至字数参差（如第一回"景阳冈武松打虎，潘金莲嫌夫卖风月"）。诗词皆劣，淫鄙如潘金莲、陈经济亦以词唱和（eg. 82-3回，85回；经济与韩爱姐亦情书往复，98回、99回爱姐情诗）。仆妇对话口角如出一人，虽生动而无变化（皆下贱人口吻）。《歌代啸》第1出，李和尚道："若是葡萄架，一时倒了怎处？"张和尚道："贱累［妻］亡故已久，你我又不走州里老爷那一道［偷丫头］，何妨。"（口口口此书大闹葡萄架口）

102

按，回目对偶不齐乃明代小说屡见之现象。由"葡萄架"而提及明杂剧《歌代啸》，圆括号内前后四字漶漫难辨，可能是指《金瓶梅》本于此。此处补记，当是读上海古籍出版社1984年1月初版徐渭《四声猿（附歌代啸）》所感，两处方括号中关于对白的解释，即见于第126页注74、75。然注73云此处倒葡萄架有拈酸吃醋之意，分明与《金瓶梅》之葡萄架并无关系。另外关汉卿传世的小令亦有"若咱，得他，倒了蒲桃架"之语（《词品》卷一）。钱锺书认可《金瓶梅》写人物对话非常生动，如笔记第四十三回处就评注说："此等对话虽俚而口角如活，亦此书以前所无。"《管锥编》"全晋文卷八九王沉《释时论》"中曾论历代描写位卑而倨傲者之举动的用语，盛赞《金瓶梅》写春梅以手接物时的"如有似无"四字，认为"写生入神"，胜过前贤。

　　《金瓶梅》因袭他人处似乎少一些，笔记中没有谈及，但在别处发表过两个例子，一处见于《宋诗选注·序》注29，谓第八十回"正是'人得交游是风月，天开图画即江山'"，出自黄庭坚《王厚颂》第二首；另一处则在《谈艺录》四三的"补订"，谓元好问"浇愁欲问东家酒，恨杀寒鸡不肯鸣"一语（用陶诗成句），"流传为街谈涂说，如《金瓶梅》第七十一回：'有诗为证：凄凉睡到无聊处，恨杀寒鸡不肯鸣。'"而后世多师法《金瓶梅》，故而钱锺书说"《红楼梦》从这本书里得到的好处很多"，这在笔记中略有体现。第五十二回李瓶儿撞见潘金莲和陈经济嬉戏，忙唤二人为官哥儿扑个蝴蝶作掩饰，钱注云：

《红楼梦》宝钗扑蝶实得窍于此。19 回，"金莲且在山子前花池边用白团扇扑蝴蝶……那陈经济扑近身来，搂他亲嘴……却不想玉楼远远瞧见，叫道：'五姐！'"

其他例证，还见于《中文笔记》三家评本《石头记》（第18、19 册）部分，如谓焦大所说的"咱们白刀子进去红刀子出来"，紫鹃说的"蜜里调油"，均先见于《金瓶梅》；谓黛玉、晴雯等人偷听谈话，也多与潘金莲"听篱察壁"有类似之处。

钱锺书对《金瓶梅》中的女性人物之年龄，也拿来与《红楼梦》对照。第六十一回记申二姐年纪为二十一岁，评注说：

在《红楼梦》中已为老女矣。此书选色多在三十后。(cf. *Causeries du Lundi*, vol. II, pp. 445-6. "La femme de trente ans" as "Balzac en est l'inventeur.") 67 回，如意儿枕上答西门庆："我今年属兔的，三十一岁了。"69 回，文嫂道："说起我这太太来 [林太太]，今年属猪，三十五岁，端的上等妇人，百伶百俐，只好三十岁的。"75 回，如意儿曰："我娘家姓章，排行第四，今年三十二岁"。西门庆道："我原来还大你一岁。""一壁赶着一壁呼叫他：'章四儿，我的儿。'"88 回，"[金莲] 可怜这妇亡年三十二岁"。91 回，孟月楼三十七岁，倒大李衙内六岁，改为三十四岁。13 回，李瓶儿道："奴属羊的，今年二十三岁。"因问大娘贵庚，西门庆道："房下属龙的二十六岁了……第五个小妾与大房下同年。"33 回，王六儿"约二十八九年纪"。

有人曾记钱锺书谈话，谓《金瓶梅》中的"紫膛色瓜子脸"美人，跟《玉蒲团》写"麻子脸"美人一样，胜于《红楼梦》写服饰长相之千篇一律（黄克《忆周振甫钱锺书先生》）。笔记至第三十三回，钱注云：

> 孟玉楼之麻、王六儿之黑，皆选色及之，一破套习。《绿野仙踪》36 回，"金钟儿瓜子粉白面皮上有几粒碎麻子儿"；《红楼梦》46 回，"鸳鸯两边腮上微微的几点雀斑"（一本"细白麻"）。

《管锥编》论《诗·郑风·有女同车》"颜如舜华"、"颜如舜英"，后来增订本添入一节讨论："'雪肤'、'玉貌'亦成章回小说中窠臼。《金瓶梅》能稍破匡格。如屡言王六儿'面皮紫膛色'、'大紫膛黑色'（第三三、六一回），却未尝摒为陋恶，殆'舜英'、'苕荣'之遗意欤？"

除了《红楼梦》，其他小说对《金瓶梅》也有所借鉴。第三十三回王六儿与小叔子被人捉奸，其夫韩道国尚在线铺中吹嘘自己与西门大官人的交情。钱锺书注云："《儒林外史》牛浦郎匡超人滥觞于是。"由此可见，钱锺书对于《金瓶梅》也绝非全然定位为"淫书"的，他对小说描写的世态人情颇有感触，见潘金莲翘脚自称老娘，即批注四字："江青所师"；第三十二回写太监冶游，专以掐拧妓女身体为乐，评注："《纪录汇编》卷一八八，'《留青日札》摘钞'卷二：'每一交接，将女人遍体抓咬……其女人当值一夕，必倦病数日，欲火郁而不畅故也'。"；第五十七回，西门庆曰："咱闻西天佛祖也只不过要黄金铺地，阴司十殿也要些楮镪营求。咱只消尽这些家私，广为善事，便强奸了嫦娥、和奸了织女，拐了许飞琼，盗了西王母的女儿，也不灭我泼天富贵"，《管锥编》"《太平广记》卷二四三"，节引这段文字，以证世间"通神无不可回之事"的金钱观念；对于《金瓶梅》中的果品菜谱，钱锺书也集中抄录出来，评注不多，一是说元宵节果品如何有石榴与橄榄，一是说作者鲜果干果不分，还对西门家的节庆菜单评议了"无素肴"三字，这大概和七十回批注列举小说人物字号多有"泉"字一样，显示出原作对于"土豪"作风的嘲讽。文学作品里面寄食权势的"篾片"人物，钱锺书也一向留意，文革时就曾私下里将某位夸耀自己与时贵同席吃饭的某位"当红的学者"比作《金瓶梅》中的西门庆家清客谢希大、应伯爵（黄永玉《北向之痛——悼念钱锺书先生》）。笔记摘录了不少对此二人丑态的描述文字，比如第五十二回，谢、应在西门家吃凉面，佐以醋蒜肉滷，每人"登时狠了七碗"，西门庆吃不到两碗，说："我的儿，你们两个吃这些！"此处虽无评注，也足以发人一笑了。

（《南方都市报·阅读周刊》2013 年 10 月 13 日）

《封神演义》

　　钱锺书从小把《封神演义》读得烂熟，总能信手拈来，无论是谈诗艺还是做小说，皆可运用得妙趣横生：前者可见《谈艺录》四四"补订"，把清人敬重黄山谷而贬低江西诗派的风气，比作"《封神演义》中'截教'门下妖怪充斥而通天教主尚不失为'圣人'"；后者可见《围城》中方鸿渐拿其父为孙子起"非相"一名开的玩笑。《中文笔记》第一册札记"残本"中有云：

> 《湘绮楼日记》光绪十九年正月十七日及二十日考论《封神榜》颇详。谓其本拟《水浒》、《西游》，兼袭《三国志》。其文有"狼筅"，已在明嘉靖以后。闻仲拟张江陵，姜环又明斥梃击事云云，殊有见。近人（据《传奇汇考》）考作者为陆西星，扬州兴化县志有传，与宗子相友善。王氏所谓在明世宗以后者，正相符合，而未见引此。又，李秀成供词论洪秀全毁神像云："今除神象是天王之意，亦是神圣久受香烟之劫数，周朝斩将封神，此是先机之定数，而今除许多神象，实是斩将封神还回之故。我天朝封万千之将"云云，此节亦无引者也。

　　《李秀成自述》反映的是清代农民受小说影响的"一般知识、思想和信仰"，兹不论述。王闿运对《封神演义》这部小说

107

的看法，的确很有见地，远胜卫聚贤冗长不当的《封神榜故事探源》。王弟子宋育仁，后又作点评，以为作者当是刘基。钱锺书未引的日记部分，还言及太极图有焚身之祸，意在讥明太宗杀方孝孺，梅山诸怪猪狗佐白猿总戎，是讽刺李景隆诸将，钱锺书可能觉得穿凿太过了。《传奇汇考》卷七（又见于《乐府考略》卷三十九）于邓九公土行孙故事的《顺天时》条目下，提出《封神传》作者是元时道士陆长庚，这是孙楷第的发现，张政烺以为"元时"为"明时"之误，后柳存仁比勘对照，论之更详，但这一直不是主流的观点。最为人接受的，还是鲁迅根据明刊本卷二题署所提出的作者为明人许仲琳一说，钱锺书似乎对之尚不以为然。唯此缘故，《中文笔记》第十册有读抄《封神》笔记，编订者在目录里署作者为许氏，这恐怕违背了钱锺书的看法。钱锺书说"未见引此"，可能在邓之诚《中华二千年史》第五卷"明清"部分出版（1956，序言自称脱稿于二十年前；参看邓之诚《五石斋日记》1945 年 6 月 6 日及 1956 年 7 月 13 日）之前。

钱锺书读此书仍侧重于小说修辞的批评与本事的渊源，尤其在蹈袭因陈之处特别要予以说明。如第十七回，杨任"眼眶里长出两只手来，手心里生两只眼睛"，旁注引《警世通言》卷三十六"皂角林大王假形"中描述大王神像之语，已见《谈艺录》第六一则补订补正，补订则以为皆本自《大悲咒》卷首每绘千手千眼观世音眼生掌中之像，不见于笔记中。又如《管锥编·周易正义》"震"一则，曾引《水浒》第三十七回宋江与公人听梢公（船火儿张横）唱湖州歌，"老爷生长在江边，不爱交游只爱钱。昨夜华光来趁我，临行夺下一金砖"，随即指出"《封神演义》）第三四回哪咤作歌袭此"。哪吒歌作"吾当生长不记年，只怕尊师不怕天。昨日老君从此过，也须送我一金砖"，笔记中此处注又引《精忠说岳传》第二十五回王横歌："老爷生长在江边，不怕官司不怕天。任是官家来过渡，也须遗我十千钱。"按钱锺书此处未明《水浒》"不爱交游只爱钱"一句系金圣叹所改，本亦作"不怕官司不怕天"。还有《管锥编·史记会注考证》"外戚世家"，提及《封神》第四十八、四十九回扎草人为赵公明而射以桑枝弓、桃枝箭事本自《全上古三代文》卷六引太公《六韬》、卷七引太公《金匮》所记，亦属此类。关于妲己的情节，明人有些相关的文献记载，虽不是小说家之所本，却可见《封神》在流传过程中的大众心态。第四回注：

> 沈曾植《海日楼札丛》卷6，璩昆玉《类书纂要》一条云：妲己狐狸精，好食人精血。周武王伐纣，临刑，妲己化形上升，太公用降魔鉴一照，妲己坠地化为九尾狐狸……妲己肉身乃苏州太守章华妻也。《纂要》记明世俗间称谓有极俚俗可资谈助者，金陵书坊射利之作。

又补记云：

> 明刘元卿《贤奕编》卷四附录"闲钞"下：缠足一事

谓之妖，古无此，盖自妲己始。妲己乃雉精，足尤未变，故用裂帛缠之。

再如前引第四回注后又记："汤用中《翼駉稗编》：'恰克图四部祀闻太师、申公豹甚虔'。"按闻、申俱是小说新造人物，影响至于边陲，甚令人惊异。据今人栾保群《神怪大辞典》所附"《封神演义》中的神谱"一文，申公豹曾为贝加尔湖附近民人所祀奉的"北海神"。

钱锺书笔记旁注中又引《精忠说岳传》第二十二回语："若不是《西游记》中妖精出现，即便是《封神传》内天将临凡"，可见清小说家心目此书已可并举了。钱锺书提出《封神》多有沿承《西游》之处，比如第四十回，抄杨戬与魔家四将之打斗情节，旁注云：

　　杨戬与《西游记》中孙行者略似。又 54、60、75、86、91、92 回。

其中第九十一、九十二回杨戬与梅山七怪变化斗法事与《西游记》第六回孙大圣与杨戬变法斗法、第六十一回孙行者与牛魔王变化斗法事都颇为雷同，钱锺书将此三例采入他自己的书中，用以说明"故事情节之大前提虽不经无稽，而其小前提与结论却必顺理有条"，并引《古今小说》卷一三《张道陵》故事作为参照。最后指出元魏译《贤愚经》写佛弟子与外道幻师变化斗法故事乃是最早的例子："虽导夫先路，而粗作大卖，要不如后来者入扣连环之居上也"（《管锥编》"增订之二"，第177至178页，参看《容安馆札记》第800则）。此外，第六十一回准提道人赞词有"不生不灭三三行，全气全神万万慈"等句，"三三行"意思甚深，系源自洛书之象（参看张文江《西游记讲记》），钱锺书注："与《西游记》第一回赞须菩提祖师诗大同，必相因袭。"

《诗可以怨》一文中引《封神榜》第三十四回太乙真人"心血来潮"一语，说：

> "来潮"等于"动则是波"（引者按，即上文孔颖达《正义》所引贺场语）。按照古代心理学，不论什么情感都是"性"暂时失去了本来的平静，不但愤郁是"性"的骚动，欢乐也一样好比水的"波涛汹涌"、"来潮"。

我们只觉得例子采纳得精妙极了，而这在笔记中，钱锺书旁注说："《镜花缘》第六回百花仙子被谪时曾嘲心血来潮之说，可参观"，正因先记得这番嘲谑之语（"小仙自来从未潮过"，"其实我也不知怎样潮法"），方能从松动了的套语陈词中发现其中古人心理的妙趣。

（《南方都市报·阅读周刊》2013年11月3日）

《西游补》与《何典》

《何典》开篇小曲《如梦令》：

> 不会谈天说地，不喜咬文嚼字。一味臭喷蛆，且向人前捣鬼。放屁，放屁，真正岂有此理！

《容安馆札记》第二则以最后一句笺释英国 17 世纪剧作家 Thomas Shadwell 的 "Words are no more to him than breaking wind. They only give him vent"（渠视言词无非放屁，乃发泄之出口耳）一语，突显恶谑下的反叛意识。清代小说中时有采用降格手法以庄重之文体写卑下之内容的。比如《绿野仙踪》第六回，记村塾先生邹继苏诗文稿中的《臭屁行》和《臭屁赋》。前者有"君不见妇人之屁鬼如鼠，小大由之皆半吐，只缘廉耻重于金，以故其音多叫苦。又不见壮士之屁猛若牛，惊弦脱兔势难留，山崩峡倒粪花流，十人相对九人愁"这样的奇句，且把"杜撰"取谐音改为"肚馔"；后者云"虽有龙阳豪士，深入不毛，然止能塞其片刻之吹嘘，而不能杜其终日之呜咽"。钱锺书读书至此，注引元人杂剧《孙真人南极登仙会》头折孙思邈道童向卢道邻所颂"屁赞"，以及《缀白裘》四集卷三《义侠记·戏叔》一段对白。

札记"残页"，读董若雨诗文集，曾言："明末吊诡之风重，以亡国孤愤益隐谲其文。笔力较乃父为开张，虽修词使事亦病

112

纤碎，而颇饶幽韵微诣，文胜于情。"董说诗作多记梦，钱谓"陆放翁诗、王湘绮日记均好说梦，要无过若雨者矣"，而这与小说记孙行者之梦颇有相类之处。残页又记：

圆女看董若雨《西游补》，谓余曰：鲭鱼影射满清。颇有见地。第二回有中国者非中国而慕中国之名，故冒其名；第九回于积案中独审秦桧，并拜岳武穆为师；第十回鞑子隔壁，又曰鲭鱼造青青世界。皆有微意。然讽世之微词尚兼出世之寓言，君国之悲与空无之法交至错综，不可执一以求。鲭鱼指清，亦复指情魔，小月王合之成情字，横植小字则成清字。明崇祯末周同谷《霜猿集》一云："谨具大明江山一座，崇祯夫妇二口，奉中贽敬，晚生文八股顿首拜"。吕晚村《真进士歌赠黄九烟》所云："谨具江山再拜上，崇祯夫妇伴缄贶"，"谨具江山百座城，崇祯夫妇列双名。鲜红简子书申敬，献纳通家八股生"，自注："吴中弟子所为，将鲜红绢帖一个上书"，即用其事。《西游补》第四回，于时文嬉笑怒骂，至云"一班无耳无目、无舌无鼻、无手无脚、无肺无心、无骨无筋、无血无气之人，名曰秀才，百年只用一张纸，盖棺却无两句书"，亦即深恨文八股也。第十三回曰："还是青青世界中人，都是无眼无耳无舌的呢"，正相映带。书中古文骈文皆纤诡非体，明末风气则然，不尽出于游戏也。第五回，行者变虞美人，"做个风雨凄凉面"，第七回行者变虞美人做个"花落空阶声"，二语特妙。

1927 年刘半农已根据董说诗集中的线索断定此书作于明崇祯十三年（1640），钱锺书不可能不知道，然又以钱瑗所云"鲭鱼影射满清"为是。或可认为，虽作于是年，未必成书于彼时。近年多有人提出《西游补》作者为董说父董斯张，实难据信。谓"不尽出于游戏也"者，或是针对 1929 年施蛰存所作题记中说的"作者胸襟洒脱，偶以文字为游戏，故书中诗歌、文辞、时文、尺牍、平话、盲词、佛偈、戏曲，无不具体，仍不脱明季才人弄笔结习，未必遂寓禾黍之悲。"施蛰存看来是文字游戏的，钱锺书发现其中也有可贵的思想。往大处说，其中包含了亡国之悲、空无之论，还有对于科举制度的谴责（参看《管锥编》"《左传·昭公十八年》"论明清之交言科举事）。还有以"先汉名士项羽"讥讽"插标自货，扬己炫人"之辈（参看《管锥编》"《史记·律书》"），也是不能用"才人弄笔"所掩盖的。

而从小处说，小说的游戏笔墨关乎修辞技艺的尝试，《西游补》六回所谓"用个带草（一本作怀素）看法，一览而尽"一语，被钱锺书两度拈来，一次用以解说"习惯于一种文艺传统或风气的人看另一种传统或风气里的作品"的笼统概括法（《中国诗与中国画》），另一次则比附他自己改造的朱子语录中"热读"一词（《管锥编》"全晋文卷一一二"）。

清初《西游》续作，尚有《后西游记》一书，刘廷玑谓"虽不能媲美于前，然嬉笑怒骂皆成文章"。若论文思奇诡、物象变幻，此书不如《西游补》远甚，然而凭空构造出解脱大王、十恶大王、造化小儿、文明天王、三尸大王、不老婆婆等，嘲世之心跃然纸上，亦颇能显示作者之才力。《管锥编》曾言，"《西游记》中捉唐僧者莫非'物'，《后西游记》则亦有'鬼'。"盖谓此书所立邪魔，实际多为人之"心魔"所生，非《西游记》精怪所属之异"物"，亦即《汉书·艺文志》"杂占十八家"所谓"人鬼"（详参《管锥编·史记·封禅书》及其增订部分）。

上文所引《西游补》"风雨凄凉面"、"花落空阶声"二句，尚且兼顾雅俗。后世白话小说家，更胜一筹的是之俗语土话的混合运用之上。比如《平鬼传》第一回所谓"买了半捏子没厚箔，行了一龟二狗头的礼"，第三回"倒头骡子"、"不修观"，《何典》之"养家神道"、"掫迷露做饼"、"使柄两面三刀"、"化阵人来风"等皆是。钱锺书有闻必录，"残页"中还见一处补白记道：

> 又有《玄空经》亦其类。又有《道俗情》一书（序作嘉庆甲子西土痴人题于虎阜之生公讲台），写钱士命、施利仁等事，亦贯串俗语为之，情事文章皆支批无聊，惟用语多与《何典》合者，如"倒浇蜡烛十枝，镶边酒一镡，荒糖一味，装体面千条"之类，乃知《何典》特此体中最特出者。

按《道俗情》即《常言道》（成书于19世纪初）之别题，

115

记明末人蹈海于小人国、大人国寻子母金钱故事，用许多吴语方言的俗谚成语，旨在嘲讽世人甘为"钱奴"。《玄空经》有光绪甲申自序，作者为郭福蘅（一名福英），字友松，道光初年生，松江府娄县人。张文虎诗文曾记其事，叶德钧考之颇详。此书以松江方言写成，与《何典》写法颇为雷同。书题即松江土话，子虚乌有之谓也。书中"做了一番轰轰烈烈的起码货大生意"、"痧药瓶里捉藏，斜斜气气的发了一票横财"，都是语义自相矛盾的谑戏之辞。钱锺书读嘉庆年间的《文章游戏》，颇重视缪艮整理的《俗语对》、汤春生《集杭州俗语诗》和汤诰的《杭州俗语集对》，皆将俗话方言集联作对，如"猫脚女婿，狗头军师"，"看这个师姑摸这个奶，做一日和尚撞一日钟"，等等，笔录数页。《管锥编·史记·司马相如传》一节论"文学中之连类繁举"，曾言"小说、剧本以游戏之笔出之，多文为富而机趣洋溢，如李光弼入郭子仪军中，旌旗壁垒一新"，此下首先即开列董说《西游补》各回的铺比类举之文，《西游记》、《金瓶梅》及《镜花缘》、《醒世姻缘传》等书皆有可置入论列者。钱锺书引《文心雕龙·诠赋》"繁类以成艳"一语，"繁"尚容易，"艳"则需一番文学章法的功夫，追求剪裁得整体统一，搭配得相互映衬，显现出五光十色的语言光芒来，也就是所谓的"化堆垛为烟云"了。

（《南方都市报·阅读周刊》2013 年 11 月 24 日）

二、《中文笔记》里的戏曲趣谈

——槐鉴脞录之二

钱锺书于古典戏曲，并没有下太多功夫。年轻时候，他在《天下》的创刊号（1935 年 8 月第 1 卷第 1 期）里发表了一篇自己不愿提及而至今还被他人谈到的论文，题为 "*Tragedy in Old Chinese Drama*（《中国古代戏曲中的悲剧》）"。《容安馆札记》第七二八则有云："吾常言元明以来院本情节人物实鲜足取。偶遭名隽，可供摘句"，早经他人摘引点明而众所周知。很多稀见的本子，他应该也看不到。《钱锺书手稿集·中文笔记》读《笠翁十种曲》三遍，读《明人六十种曲》两遍，《孤本元明杂剧》两遍，《元曲选》、《明人杂剧选》各一遍，《西厢记》（王季思校注）及《长生殿》各一遍，其他单本则见于《古本戏曲丛刊》初、二、三、五集。

不过他摘录的戏曲文本和他的议论仍有值得参阅之处，因为通人眼光与议论自有独到之处。前些日子，"孔夫子网"出现了一册价格昂贵的拍卖书籍，乃是钱锺书批注本《西洋小说发达史略》，其中有一图显示的页边注，记录中西文学人物因谐音而设立的名字，其中中文人名有胡图、单聘仁和詹光。后两位都见于《红楼梦》，胡图则是明清之际戏曲多见的人名，经《中文笔记》摘出的，一在丁耀亢《赤松游》，一在尤侗《钧天乐》，一在沈起凤《报恩缘》，前个胡图绰号昏侯，后两个胡图字作浑斋和混斋。钱锺书抄读《明人六十种曲》，还注意到《鸾鎞记》里面有位胡谈，字诹之，他打趣说："当是适之老兄耳。"读《琴心记》以为刻画人物（卓文君）近乎人情，"非郭沫若叛道女性之比也"，二者恰可并置而观。读《投梭记》，演谢鲲为鸨母投梭折齿，联系目下经历而自嘲："是夜余假齿堕地，折为二，其亦有缥风之艳福，钦取之恩荣乎，一笑。"

《六十种曲》里除了《西厢记》，钱锺书最欣赏的也许算是《西楼记》，谓此"为明剧中最聪明伶俐热闹旖旎之作，就剧情尚在玉茗之上，惜曲文不如"。而"临川四梦"，"曲文刻意樵放元人用北人语词，往往不可通（补注：王骥德《曲律》所谓赘字累语是也）"，惟《玉簪记》"刻划男女私情细腻，有突过前人处"，有的地方显出了《红楼梦》的口吻，有深微于《西厢记》之处。对于其他作品，他说《金雀记》写反面人物"语言粗秽、文理荒谬"，"'乔醋'一出尚有思致"；《运甓记》"角色情事太多，结构殊散"；《四喜记》、《金莲记》皆是"人多事杂，亦（一作全）无结构"；《蕉帕记》"只图热闹，全不入情"；汤显祖的少作《紫箫记》"词更淫艳，事弥支离"；《昙花记》"冗长凌杂，一味卖弄内学"，其中第三十七出，"文字是自己的强，美

118

色是他人的胜"，旁注云"易哭厂'爱看他人妾，贪吟自己诗'之起也"。

最妙的是，在抄读《琴心记》时，第二十九出有逐打庖丁一节，众人禀告："他口内都含肉。腰间尽带椒。作裙包鸭腿。兜肚塞胡桃。两肋皆藏藕。空臀又夹糕。原来头上发。一半是猪毛"，嘲讽厨子夹带东家食材。钱锺书抄了两遍，后一次笔记里，他根据破额山人《夜航船》卷八"海参笑话"一则，另作"戏补"："袖里呈梨柄，领边出蔗根。裤间双卵鸭，帽底一头豚。枣子支窝夹，莲心脚罅存。槟榔红满口，面饼白遮臀。板子休轻打，屁中弹海参"，这可是钱锺书自己写的打油诗呢！

读关汉卿《王侯宴》时，钱锺书从人物李嗣源口白中讲述一节故事，谓雏鸭由雌鸡带大，后见河中群鸭泛水，遂入水归群，旁补注引梅尧臣《宛陵集》卷三十"鸭雏"一诗，并标"Anderson, *Ugly Duckling*"一语，意思想必是以为可与安徒生丑小鸭童话做比较吧。

《南方都市报·阅读周刊》2013 年 9 月 29 日）

三、钱锺书读《奥兰陀的疯狂》

——槐鉴脞录之三

《管锥编》中于意大利文艺复兴时期的大诗人阿里奥斯多（Ludovico Ariosto，1474—1533）诗文征引共有十次，多半出自《奥兰陀的疯狂》（*Orlando Furioso*）这部雄伟长诗。钱锺书将这位作家译作"亚理奥斯图"或"亚理奥士图"，未能统一。我们只好遵从一般习惯的译法，而诗题用的是他夫人杨绛在《堂吉诃德》中的译名（借自西人研究的译注一再将《奥兰陀的疯狂》节序译成行数，说明杨绛对此书是非常陌生的）。《小说识小》中有"亚里屋斯吐《咏屋兰徒发狂》第七篇"云云，译得有些草率，不能算数。《管锥编》注释中引的是"赫普利古典丛书"（Biblioteca Classica Hoepliana）本的意大利原文。十多年前，还有些读者根据钱锺书读西方古典喜引娄卜古典丛书本的情况，认为钱锺书不懂那么多外语，都是看了英文的对译故意引原文以示高深的。《容安馆札记》出版后，我们看到第五百三十一则及第七百六十八则"杂书"的第一部分即关于读

"赫普利"本《奥兰陀的疯狂》的心得，总共有十四五页的篇幅（另外还有十一则札记也涉及过此书）。《管锥编》所引述者全见于此，根据钱锺书读书笔记和札记的分别，尚未出版的《西文笔记》里肯定有更详细的摘录。在此我们选几条来读。为求便捷，对于札记中所引的原文，我们直引汉语大意。

第四歌，一位公主因被人诽谤为不守贞操而将依照当地法律处死，Rinaldo 听闻后道："少女于绣榻接纳情郎以宣欲，即被处死，制订和奉守这法令的人都该被诅咒"；"同样是郎情妾意、两心相悦，为何女子要被那些蠢才们愤愤不平地给予处罚，而男子却可以一犯再犯不受责备，甚至还能得到夸赞和颂扬？"（分别见第六十三和六十六节）钱锺书评论说，阿里奥斯多在此毫不忌讳地反对自古希腊贤人梭伦以来立法思想中的两性道德观（doppelte Sexualmoral），普劳图斯在《商人》（Mercator）一剧中也对此有所体现（参考的是 Iwan Bloch 的《论卖淫》[Die Prostitution]）。《管锥编·周易正义·大过》提到"亚理奥斯图诗中诅咒古人定律，许男放荡而责女幽贞"，即见于此处。钱锺书札记中又评论说，尽管阿里奥斯多兴高采烈地讲了不少女性缺点的故事，仍不失其骑士本色。他引述了三段诗行为证，前两段分别是 Rinaldo 对试图检验妻子是否忠实而陷于悔恨的骑士的劝解（XLIII 48-9），水手讲述律师 Anselmo 与妻子互相背叛并宽恕的故事之结论（XLIII 143）。还有第二十八歌讲的故事，说伦巴第国王 Astolfo 与其臣子 Giocondo 均为美男子（Iocondo 是平民百姓对此名的拼法，后来拉封丹的仿作即题

为 *La Joconde*），却先后发现自己妻子不忠，于是游荡世界引诱了上千名贞女失节，最后两人决定共享一个少女，谁料她仍然要红杏出墙，二人大笑，得出女人都经不起诱惑的结论。故事讲完后，一位老者评论说："哪个男子对自己妻子忠贞不二呢？都能经得起婚姻之外偷香窃玉的诱惑吗？凡妻子不忠于丈夫的，我敢说都是丈夫的不安分造成的。基督告诉我们：你们愿意人怎样待你们，你们也要怎样待人。"（XXVIII 79-82）钱锺书说，乔治·艾略特小说《亚当·比德》中勃艾色太太（Mrs Poyser）的名言"我不否认女人傻，万能的主造她们来配男人"，恰似阿里奥斯多观点的简朴表达。

第三十七歌围绕厌恶女人的 Marganorre 的故事展开，说他"不能忍受女人靠近，仿佛阴柔的雌性气味有毒"（XXXVII 40），钱锺书谓可参看《周书》卷四十八，"萧詧恶见妇人，虽相去数步，遥闻其臭"，又与莫扎特意大利版歌剧《唐璜》（*Don Giovanni*）中的"仿佛嗅到女人之气息"（Zitto! mi pare sentir odor di femmina!）相类。

补注中还提到《奥兰陀的疯狂》两处与《天方夜谭》故事雷同的情节。第二十八歌中 Astolfo 与 Giocondo 的故事，钱锺书说，这是对《天方夜谭》开篇序曲的一个阔肆的扩写本（a vasty improved version），这并非独见新说，此前西方学者早就指出这一点。文艺复兴时期《天方夜谭》虽未传入欧洲，但中古意大利人即听说过这个序曲故事，阿里奥斯多在上一歌结尾便自称是从他朋友威尼斯牧师 Francesco Valerio 那里听来的。

另一处在第四十三歌，插叙曼图亚城律师 Anselmo 与妻子的故事，先是丈夫发觉妻子与英俊骑士偷欢，欲杀之于荒野，妻子神秘失踪，又以幻术令丈夫在巨大财富诱惑下答应与一黑人男子睡觉，随即现身斥责其品德亦非坚毅刚贞，两人于是和好如初。钱锺书说，这个故事亦见于 Mathers 由 Mardrus 法文转译本中的 "*The Fifth Captain's Tale*"，按即埃及苏丹拜巴尔一世的十二巡察官所讲故事（Breslau 本，第 930—940 页）的第五则，Burton 与 Payne 译本均将之置于副册（巡察官为十六人），不怎么为人所重视。钱锺书说比较家和探源者（comparatists and sourciers）应当对这个题目下些功夫，这句话恐怕到今天还有效，因为我们读 Robert Irwin 写的《天方夜谭手册》（*The Arabian Nights: A Companion*, 1994）一书，第三章关于欧洲文艺复兴文学所受《天方夜谭》的影响，关于《奥兰陀的疯狂》也只能举出前一个例子（并且把人物关系都混淆了）。

第五百三十一则札记开篇，钱锺书即用英语说："近代语言余能读者四，其叙事诗中，惟此书超然独异，几无瑕疵，兼有爽畅之诗才与奇诡之组织。"（Of all the narrative poems in the four modern longuages that I can read, this stands out unique in its almost flawlessly perfect union of delightful poetry with wonderful yarn-spinning.）根据钱锺书自小喜爱《说唐》、《岳传》这类小说的习惯，不妨推想他读这部妙趣横生又枝蔓繁富的骑士文学作品一定也是非常快乐的。《管锥编》一处引此札记中描写摩尔兵卒攻城"冒锋镝争先，然或出于勇而或出于畏"的句子，与《左传》相比较；另外一处论时代谬误时，指出《奥兰陀的疯狂》里面出现中古欧洲未有的火枪，被阿里奥斯多以"魔鬼手制"而掩饰过去。札记还有一段妙语值得一提，意思是说，钱锺书以前读书得知马克罗比乌斯（Macrobius，5 世纪初拉丁作家）曾评价荷马描述大小战事搏杀均胜过维吉尔一筹，他现在觉得此公若能生睹《奥兰陀的疯狂》，无疑会让阿里奥斯多凌驾于荷马之上远甚（Had he lived to read *Orlando Furioso*, he would beyond all doubt have placed Ariosto even far above Homer）。他津津有味地回忆起书中两大武士的最后一次决战（见于全书末尾，钱锺书在此记错了章节），大呼妙极（the most magnificent），乃是"以奔雷走电完成的全诗之最终乐章"（which forms a finale of crashing thunder to the whole）。这不就是《堂吉诃德》里面那位"痴气旺盛"的主人公喜欢的话题吗？现在的学术研究论文，哪儿还在乎这个。

（《南方都市报·阅读周刊》2013 年 12 月 8 日）

四、钱锺书笔记中的晚清诗人掌故

——槐鉴胜录之四

　　钱锺书读书抄书，多有活泼之妙。他对于晚清诗人掌故轶闻的爱好真是浓厚，恐怕不亚于今天我们对各种"八卦消息"的兴趣。据安迪考证，《中文笔记》里有最晚年代标识的读物，应该是 1993 年 10 月出版的《郑孝胥日记》，次年 4 月钱锺书住院直至去世。我们去看"硬皮本"第三十四册笔记，钱锺书下功夫仔细审看，用很大篇幅来摘录郑孝胥记外室金月梅的所有文字。他记着石遗老人跟他说的，郑孝胥堂堂一表而元配奇丑，且妒悍无匹，就假装说自己为国事要夜起外出锻炼筋骨，实际是去找小老婆睡觉。

　　钱锺书抄《南亭笔记》卷十四，记梁鼎芬对两湖书院学生演说两宫西狩，泪随声下曰："你们想想看，皇太后同皇上两天只吃了三个鸡……"尚未说及"蛋"字，已呜咽流涕，语不成声。抄《郑孝胥日记》时也记湖北人拆其名"鼎芬"二字的联语："一目高悬，屁股拆成两片；念头大错，颈项斫了八刀"，据周劭先生考证，这出自删光典等人之手。《中文笔记》有读删著《金粟斋遗集》的内容，惟一有批注处，即是关于删光典对梁鼎芬的厌恶攻讦（引自《世载堂杂忆》）。钱抄的郑孝胥日记还录一嵌字联，原文谓"南皮尝为翼庭者集对云：在天愿为比翼鸟，隔江犹唱后庭花"，实际上大家更熟悉的说法是李士棻讥周翼庭所作，见汪康年《庄谐选录》卷三。钱锺书对李士棻本人的掌故也很熟悉，笔记中读了《天瘦阁诗半》总结说："芋仙平生最得意事，为得曾文正赠诗，与朝鲜使臣唱和，次则蒙曾沅浦赠钞，与张孝达同门；更次则有上海两妓所谓靓人碧玉者，喜诵其诗。皆反复道得口津出者也。"并点出《二十年目睹之怪现状》第十一回"亦写芋仙，则淋漓恶毒矣"。按即小说人物"李玉轩"，高伯雨有《索隐》一文，论之甚详。钱锺书似不熟悉《海上花列传》，那其中有一高亚白，也是影射李士棻。

周星誉（叔子）与周星譽（素人或涑人）、周星诒（季贶）兄弟，与钱的好友冒效鲁也有亲戚关系。钱读如皋冒氏丛书本的《五周先生集》时并未多说什么，只提示我们周沐润（文之）的掌故"鹤翁"（冒鹤亭）知道不少，但《外家纪闻》里面未载，反而见于徐珂的《闻见日抄》中。又忍不住记录说，文之狎卢家巷褚氏妓的诗，有"岂缘风月关防密，或者春秋责备严"这等妙句，实则"光绪中有人于吴市见周、褚唱和册子"，这倒是"鹤翁"的《小三吾亭词话》提到过的故事呢。钱锺书读《越缦堂日记补》，很注意李慈铭早期日记中与"言社诸君"的关系。在他看来李起初读书还不多，但是周星譽在日记上的评点"俨以长老自居"，极推重荔客当时的学问，忍不住讽刺说："偶读书已蒙此不虞之誉，其不好学者更可想矣。"后来李慈铭与周氏兄弟绝交，日记中多有涂抹处，钱锺书猜测都是涉及周家的事情，比如有一大段浓抹的内容，他根据上面的眉批断定是涉及周星诒的话。但周星誉的那些评语都无涂抹，反而还在有处肉麻的箴规之批语上还做了圈点，"如此亦几见真实受用素人之劝哉"。

李慈铭私人生活颇有些不足为外人道之处，这与他婚姻上的问题颇有关系。钱锺书评议其日记中批识王星诚诗处，"详记自浙入京还沪狎妓事，艳思丽藻，亵而能雅，是好文字。盖居乡时，与妇马氏异室以居，同床不梦，屡议买妾事，迄未成。琴弦不调，剑锋欲试。至是香洞肉林，色荒情急，实有如伶玄所谓'慧通而流'者矣。独是米汤乍灌，真已魂销（云茗欲以身相托问八字云），香泽方亲，乃成病渴（每宿后辄体中不快，或腹痛），又不免贻笑土老子、钻枪头耳"。

易顺鼎仿赵之谦"悲庵"而自拟"哭庵"一号。钱锺书注意到其日记中"有每次哭泣几次之记"。《哭庵传》说自己中年丧母，在墓旁修建草舍守孝，"暂以哭终其身"，欲有"殉母"之举。又作《倚霞宫笔录》，说母亲显灵降乩，不许其死。钱锺书讥笑说，"盖实甫欲博孝子名……而复惜命，故托之母灵"。

钱锺书不仅看见樊增祥把咖啡当鼻烟吸、买机器自制冰淇淋，还注意到陈锐《袌碧斋集》中有首诗（题作《送刘采九还里》）说刘凤苞嫌咖啡不甜误认牛油为白糖的笑话。近人王栻主

127

编的《严复集》，前言说严复回国去天津北洋水师学堂任总办而"不预机要"（陈宝琛语），说明李鸿章对严复不重用。钱锺书批注说："不知严复是为瘾君子也。编者于第五册前影印英文日记，第三册第704、730页'与四弟观澜书'，瞠目无睹。全书亦未及严氏此节，真咄咄怪事也。"英文日记中严复说自己一下午抽两管。第三册第704页，说自己吸食鸦片的经历"可作一本书"，第730页，则对弟称"兄吃鸦片事中堂亦知之"。这虽然不算特别醒目的关节，但是于文字中的生活细节特为敏感者，则应该是可以注意得到的。

我们从《中文笔记》才知道，原来钱锺书早就看过黄人的《摩西遗稿》。他在卷首略记各家序所提及诗人之生平，谓其"以狂疾死"，眉批道："《尔尔集》附甲午年作小诗第五首云：'阿姊慧过我……中道病狂易……先后成两人，友爱终一气。遭嫁伤母心，不字遭物议'云云，盖其姊亦病狂不字。"也算是"以诗证史"——证其家庭病史了。这都是心细眼明的表现。

笔记中读晚清诗人的别集，钱锺书多有几句评价，算得是艺林月旦的掌故谈资。比如说陈三立诗有时"好谈新学，虚遣新名词，往往类《新民丛谈》所谓哲理诗"；说陈锐诗"不成体制，每似打油"，有"名士不学"所导致的笑话；陈衍诗，"佳处不过《江湖小集》、《桐江续集》"；张佩纶的名句"惜花生佛意，听雨养诗心"，乃是"广雅佚诗古体"；梁鼎芬诗"气粗语大，横冲直撞处太多"，"诗集偶有长题及序，皆不成句"；李慈铭诗"平浅无味，肤廓不切，一意修词"，"近体对仗并不能工"；又谓李士棻诗格卑俗，"虽专骛标榜而不得侪于真名士也"，其诗只配和王韬、袁祖志之流唱和，"刊登《申报》而已"。他还嘲笑孙雄编的四朝总集题为"诗史"是"牵强不通"，"人多诗杂，了不知其命名用意"。孙德祖的《寄龛诗质》，更不在话下，钱锺书嫌其"才短"，只抄了一首《十月望重得云门寄诗再和》的"第一绝"，谓"全集惟此二十八字稍有趣"。这些"酷评"当然有个人意气在其中，不得当作公正的判词。钱锺书少年时好学黄景仁（《石遗室诗话·续编卷一》），于是他不满张际亮"甚薄黄仲则"，说他"较之仲则，直是伧夫耳"。

《围城》里董斜川说："老辈一天少似一天，人才好像每况愈下，'不须上溯康乾世，回首同光已惘然！'。"此前有人已经指出源自陈宝琛的摹本罗两峰《上元夜饮图》题诗后两句："不须远溯乾嘉盛，说着同光已惘然。"钱锺书读《沧趣楼诗集》的笔记里，在此处批注引明末诗人曾异撰的《纺授堂二集》卷五《送董叔会重游都下》其三："送君莫道成弘事，犹记当年万历初"，看来也不算陈宝琛的独创（这条也收入《容安馆札记》第七百五十则，见第 2158 页）。他对《光宣诗坛点将录》中的"呼保义宋江"，也有不少妙见与酷评，《札记》已说"散原尚能以艰涩自文饰"，"竟体艰深"、"多用涩字"，于俗字"惟恐避之不及"。《中文笔记》说得更清楚，言其屡用"照"字、"携"字、"苍"字、"魂气"字、"摇鬓"字，又一处于集中摘句，对这些使用频度很高的"涩字"划线标示，有什么"万古酒杯犹照世，两人鬓影自摇天"，"忍看雁底凭栏处，隔尽波声万帕招"，又有什么"提携数子经行处"，"提携万影立黄昏"，"下窥城郭万鸦沉"，读者诸公是否觉得眼熟？不就是《围城》里董斜川诗句"数子提携寻旧迹，哀芦苦竹照凄悲"、"秋气身轻一雁过，鬓丝摇影万鸦窥"那些用字的材料嘛。

（《掌故》第一集，2016 年 6 月）

五、钱锺书对于范当世的态度
——槐鉴脞录之五

晚清诗算是钱锺书读书的一个重要部分。从《容安馆札记》到《中文笔记》，所读个人专集甚多，其中光宣名家占篇幅较长者有陈三立、张之洞、郑孝胥、樊增祥、易顺鼎等人，从目前所见手稿来看，缺席的有沈曾植和宝廷。范当世在近代诗坛地位颇高，《范伯子诗集》却只占有一页札记（《中文笔记》第二册，"大本"之三，不见于目录）。《管锥编》未曾提及范当世的诗；《谈艺录》摘引了两首，前一处称其为"同光体一作家"，不作任何评论（可与"大本"之札记末尾互参），后一处以目拟文的诗句与《儒林外史》等书的排列对应关系，则是《小说识小续》先已公布过的。《石语》的按语提到过范当世《东坡生日诗》，并引郭曾炘"不谓闭门范伯子，已曾奋笔诤东坡"二句，这见于《匏庵诗集》卷九《续题近代诗家集后》的第六首。郭诗讥讽范当世斥苏轼之立异的轻薄，令我们想起《围城》中董斜川说的"苏东坡，他差一点"。但是钱锺书也注意到抑苏轼扬王安石的背后是为维新变法张本，郭诗原注其实也说，"斥坡公之不附新法，此当时士大夫风气"。

"大本"札记开首说："重看《范伯子诗集》，余《起居注》十二已言之"，不知这部分手稿是否还在。钱锺书接下来评价说："古诗不免词费，近诗不免词粗。佳处偶遭，则又直幹老根生面别开者，书卷少而言语多，故尤觉榛芜不剪。自负特甚，亦乡曲之一端，自言欲接遗山，遗山安雅，岂如此犷厉哉。"说得一无是处，本来可观的地方也是缺点。后文于诗集不举一句诗，只是嘲笑了其诗题的"好掉文，往往酸俗不通"、把林琴南误写作林纾南，等等。如果我们对照笔记里与范当世有类似文学渊源的诗人，比如籍忠寅，他比范当世名气小多了，可钱锺书在《困斋诗集》的笔记（《中文笔记》第一册）中说他律诗"为惜抱、濂亭、至父之体，欲骨力开张而声调宏亮者，颇有善言，能唱叹，胜其文也"，不是分明比范当世更适合承继桐城诗派的馀脉吗？

《中文笔记》两度长篇幅地抄录《晚晴簃诗汇》，两度摘《近代诗钞》，均对肯堂诗不著一字。"残页"部分还有《晚清四十家诗钞》笔记。这部书为范当世弟子、吴汝纶之子吴闿生所编纂，带有强烈的门户标榜之色彩。钱锺书评价说：吴氏"承乃翁月旦，最推范肯堂、李刚己，所录亦偏袒莲池弟子。王壬秋、李莼客、张香涛皆只钞一首……评点多皮相目论"。其中范当世作为"四十家"中的一家，入选之作颇多。于是钱锺书评论道："余最不喜范伯子诗，尝谓'叫破喉咙，穷断脊梁'八字可为考语。学山谷而不博炼，学退之而乏浑厚。盖无书卷无议论，一味努力使气，拖沓拈弄，按之枵廓。同调中前不如张濂亭，后不如姚叔节也。吴氏父子动以太白许之。卷三易实甫、陈槎孙亦皆被太白之目，何张太碧之多也。"

"余最不喜"这四字说得颇重，八字考语更令人觉得不堪。范当世出身贫寒，屡试不第，又多愁多病，好作忧国感时之诗，这本不该是讥嘲或贬斥的理由。不过肯堂好说自己的家世渊源，除了远祖有那位先忧后乐的范仲淹，更以姚门女婿甚为自得。诗集篇目大量出现"外舅"字样，即指他第二任妻子父亲姚濬昌。如《谈艺录》中引过他声援姚鼐的"泥䵷鼓吹喧家弄，蜡凤声声满帝城。太息风尘姚惜抱，驷虬乘鹥独孤征"，就出自一首题目特别长的《读外舅一年所为诗，因发箧出家大人及两弟及罕儿诸作，遍与外舅观之。外舅爱钟、铠诗，至仿其体。爰诲当世以外间所见诗派之异，而喟然有感于斯文也。叠韵见示，当世谨次其韵，略志当时所云云》。姚濬昌出身桐城姚家，乃姚莹之子，太平天国运动期间避乱江西，被曾国藩收留，曾跟莫友芝学诗。曾、莫皆为倡导宋诗的同光体之前驱，而桐城姚家，自姚范、姚鼐起就主张追摹北宋江西诗派尤其是黄庭坚的风格。诗题中说，姚濬昌读了范家三代人的诗，便谈起了"外间所见诗派之异"，外间诗派即所谓不识姚家祖风的"泥䵷"、"蜡凤"。如此说来，南通范氏通过了肯堂继室姚蕴素的关系，也成了"内间"。这就是范当世写诗给常州词派张家女婿庄允懿时所引以为傲的"各从妇氏数门风"（《为秉瀚题比屋连吟图》）

之意了。此外，范当世老师前有刘熙载，后有张裕钊和吴汝纶，又与陈三立攀上姻亲。晚年得李鸿章赏识，为"东床西席"之"西席"，感恩戴德，溢于言表。钱锺书的考语，想必是针对范当世重视攀关系、拉交情而人格上显得略有些卑下猥琐所发。但即使如此，亦不足以当"余最不喜"的判断。《中文笔记》第十一册《晚晴簃诗汇》笔记，在卷一五九姚濬昌处批注："范肯堂为其婿，叔节为其子，故阿私如此。选其四十首，而同卷江殻叔仅十八首耳。"

钱锺书父亲曾因评价范当世而受到了些攻讦之语。1933年初，钱基博在《青鹤》杂志第四期上发表《后东塾读书杂志》，论范伯子文集，说"卢冀野先生以通州范当世无错《范伯子文集》十二卷见假，粗读一过"，即评论道："昔孟东野有诗囚之称，范氏文议论未能茂畅，叙事亦无神采，独以瘦硬之笔，作呻吟之语，高天厚地，拘局不舒，胡为者耶？吾欲谥以文囚。"随即他评论了以前读过的《范伯子诗集》，说："范氏诗出江西，齐名散原。然散原诗境，晚年变化，辛亥以后，由精能而臻化机；范氏只此番境界，能入而不能出，其能矫平熟以此，而廑能矫平熟亦以此。"

把范当世和孟郊相提并论，不算是钱基博的独见。实际上，范当世自己就写诗称颂过孟东野，说他文辞有大同之理，与西人所言的公德相近（《究观东野之文辞颇有合於西哲之言公德矣感叹再题》）。陈衍也早移用"诗囚"一语评价范当世，《近代诗钞》中就说过："伯子识一时名公钜卿颇夥。徒以久不第，抑郁牢愁。诗境几于荆天棘地，不啻东野之诗因也。"汪辟疆的《近代诗人小传稿》也不提出处地抄录了陈衍这段评价，似乎是当作定论或公论了。至于说范陈诗风异同，陈三立的变化在辛亥以后，范当世去世较早，便只有这番境界，自然算不得丑诋菲薄之词。

可是，钱基博的评价引起范当世乡人的反击，有冯超（字静伯）写信给钱基博，发表在《国风半月刊》上，对于钱基博的观点予以反驳，主要不满在于钱基博认为肯堂古文和桐城派取法不同又极力借重以张大门户声势。钱基博有一个回复，并给《青鹤》的主编陈灏一写了封长信。面子上有所致歉，但其实行文仍略带嘲讽之意。这些书信以及冯超的回应都集中在《青鹤》第十四期上发表。另一位南通人徐一瓢在当时还出版了一部小册子，也把这些书信收集起来，题为《论范伯子先生文与桐城学驳钱基博》。徐氏后来在1944年《古今》上发表《记通州范伯子先生》一文，其下篇（第五十七期）结尾追述这段公案，还要说："子泉辞穷，复书一敛横恣之气，语调也变为谦抑，而谓静伯近于误会。且谓范先生风流文采照映人间。"

我想，钱锺书在读书笔记中表达自己态度时，无一赞语，且用"余最不喜"这种纯主观判断的言词，或许与其尊翁往昔的这段恩怨有些关系；但也可能本来就是无法容忍范氏这种为人为诗的作风。

（《南方都市报·阅读周刊》2014 年 1 月 26 日）

六、钱锺书眼中的薄伽丘及后继者

——槐鉴脞录之六

意大利文学史上，以新式的俗语短篇小说（novella）文体写作故事集的风气，流行于 13 世纪后期至 17 世纪初期。13 世纪末问世于托斯卡纳、至 16 世纪得以编排刊行的《新故事集》（*Il Novellino*），内容并无多少新意，作者自称是写给那些"不知道这些故事以及想要知道这些故事"的读者看的。真正发生改变是在 14 世纪，薄伽丘的《十日谈》开篇也标明了写的是"百篇新话"（cento novelle），稍后还有萨恺蒂的"三百故事"，15 世纪则有萨莱诺的马苏乔的"新故事集"、乔万尼·塞尔坎比的"故事家"，16 世纪有班戴洛的"故事集"。我们翻检最近出齐的四十八册《钱锺书手稿集·外文笔记》（以下简称"《外文笔记》"）以及早先的《容安馆札记》（以下简称"《札记》"），可梳理出关于这些作品的一些意见。

从笔记手稿来看，钱锺书首次读《十日谈》是在留学期间，用 1855 年初刊的沃特·基廷·凯利（Walter Keating Kelly）英译本。19 世纪英国绅士翻译的《十日谈》虽自称"全译本"，却多有节略，没有译出第三日第十话与第九日第十话的主干，钱锺书抄录了前一篇的大段原文。第二遍读，用 20 世纪初的里格（J. M. Rigg）英译本，此本依旧有删节，但译文字句对应得较为忠实，可猜测这是钱锺书准备读原文时选用的参考书。有篇记叙愚汉受人捉弄，以为自己怀了孕，钱锺书批注："cf. 猪八戒。"1945 年岁末，在友人编辑的刊物上发表的《小说识小》提到：

> 第九日第三故事，愚夫楷浪特里诺（Calandrino）自信有孕，惊惶失措，谓其妻曰："我怎样生得下肚里的孩子？这孽障找什么路出来？"按《西游记》第五十三回猪八戒误饮子母河水，哼道："爷爷呀！要生孩子，我们却是男身，那里开得产门？如何脱得出来！"口吻逼肖。

抄读意大利原文《十日谈》在《外文笔记》中所占的单书篇幅差不多是最长的，未写成的"西学《管锥编》"必以此书为中心之一。钱锺书用的乌尔里科·赫普利经典文库本，由安哲罗·奥托里尼（Angelo Ottolini）编订，在"二战"前后二十多年间几次重印。他抄录的编订者前言，说薄伽丘的恋慕对象菲亚美达，与但丁的贝雅德里采及彼特拉克的劳拉不同，类于因怀情欲而激动得颤抖的斐德拉与狄多。因此，薄伽丘才会热衷于在《十日谈》中描述了一个无畏的群体，他们忘记了瘟疫所带来的死亡之可怕而设法追求快乐，嘲弄或是漠视旧的信仰，在"避难时刻"欢乐地获得了新生。钱锺书以英文批注说：

> 对于这种流行的**浅薄**观点，须看 J. H. 维特菲尔德在《彼特拉克与文艺复兴》（*Petrach & Renascence*，1943）中的矫正意见，他认为**韵体俚话与德范故事**（fabliaux & exempla）等中古民间文学中的那种怀疑一切的**嘲讽**（beffa）精神，只是在薄伽丘那里得到了"发扬"而已。

看来他并不认为文艺复兴的时代精神与中世纪的传统是对立的、断裂的。一个新的时代可以否定上个时代主要表现出的价值与意义，但支持新时代前进的思想资源，仍然很大程度上来自于上个时代。

编订本前言逐一解说十位讲故事人名号含义，钱锺书全抄录下来。年纪最长的那位女士帕姆皮内娅名字的含义是"丰产者"（Pampinea, la rigogliosa），"聪慧自信的女性，矜喜于自己的仁慈心肠，以及优美成熟的青春"。批注中先引用了路易吉·鲁索（Luigi Russo）的意见，盖言世俗世界成为新文人获取灵感的来源，女性就是这个世俗世界的象征。复记安哲罗·利帕里（Angelo Lipari）沿此思路的阐释，指出帕姆皮内娅的名字源于拉丁文（pampinus），表示"老藤生出新芽"，指向了为研究古代人文传统而做的准备。《容安馆札记》里认为，薄伽丘以这位女士首先象征着一种真正的创造力，同时这种力量又总是深植于传统的。

　　老迈的医生想要追求美貌的寡妇而遭到嘲笑，立即反驳称女人们吃葱韭（porro）不取葱头之白而只爱其叶青，与下文的"头顶皓白而尾梢常青"（il porro abbia il capo bianco, che la coda sia verde）用了同样的双关语。批注说这是意大利人的惯用语"esser come gli agli che hanno il capo bianco e la buccia verde"，即"好似白首而皮青"。对比主要的几种中译本，原文的 coda（尾巴），各家或译作"叶梢"，或译作"尾巴"，而以肖天佑译作"发出的芽儿"并加译注传达得最为清楚。有个故事写情夫捉弄丈夫，令其在自家要卖的酒瓮中劳作，自己与女人在瓮外偷欢。结尾有一句：

in quella guisa che negli ampi campi gli sfrenati cavalli e d'amor caldi le cavalle di Partia assaliscono.

字面意思不难，仍以肖天佑译文为最佳："就像安息草原上发情的公马向母马发起进攻那样。"诙谐文学语涉秽亵，很难翻译得传神，须以译注为补充。肖本译注只介绍安息的地理方位等知识，与此处语境无关。方平、王科一译本及王永年译本则无注。钱鸿嘉等人译这一篇，虽然错将 dolium 翻成了"果汁桶"，但此处加了一条注释，云"见古罗马大诗人奥维德的《爱的艺术》，III，785-786"，提供了求解的门径：那两行诗教妇人床笫行乐的姿势，"若生育女神给你（腹部）留下了斑纹，就摆个安息快马的样子"。钱锺书读书素喜在难解处下力，批注先列举了英文、德文和中国戏曲文学中将情妇比作马匹的证据，继而说"安息马"乃是"a veiled allusion to coitus a posterori"，"一种以'a posterori'的方式进行交媾的隐蔽暗示"，划线的拉丁文词组并不是要表示逻辑学的"从后果推测原因"，而是拿《围城》里褚慎明见此联想到"posterior"（后臀）的自家典故开开玩笑。钱锺书的批注继而又猜测没准儿换了途径，走了"旱路"云云，体现出淘气的学者在这部"人的喜剧"中观察世俗风化的好奇心。

钱锺书对第三日第十话"放魔鬼入地狱"那段低俗谐谑很有兴趣，对比了萨恺蒂、班戴洛的小说、布鲁诺的喜剧，还参考了17世纪法国小说家索雷尔和18世纪法国革命家米拉波的连珠妙语，再将清人《燕兰小谱》这样的梨园掌故与《后汉书》这样的正史引在一处，错落有致、花团锦簇地为薄伽丘这段虽亵渎耳目却生机盎然的修辞加以赏鉴。这雪球后来越滚越大，《容安馆札记》第四百六十一则又引了拉封丹和英国谚语，第二百七十八则从另一个角度添上了若干中西诗文小说，讨论被引诱之女子从无知无欲而无餍无足。钱锺书为何喜欢这等令人脸红的故事？《十日谈》第三日第一话讲述一位青年农夫装哑巴进女修道院做园丁，所有修女争着与他偷情。批注里提到了马克思在1867年11月7日致恩格斯一封信的补白，认为可以解释这篇故事道德含义，原信的内容掺杂着法文和德文，《全集》中译本作：

在意大利宗教裁判所的一份记录上，可以看到一个修女这样一段自白：她天真地对着圣母像祷告说："我求求您，圣母，给我任何一个人，让我同他犯罪吧！"可是俄国人即使在这方面也更厉害一些。大家都知道有这么一件事：一个很健壮的小伙子在一个俄国女修道院中只待了二十四小时，被抛出来就已经成了死人。修女们把他折磨死了。的确，听取忏悔的神父并不是每天都到她们那里去的！

这尤可作为"互文"来阐发《十日谈》这种败坏旧风俗之故事的意义。而钱锺书的学术志趣并不在社会制度批判，他仍要将问题拉回到文学的坐标。《札记》中概述《红楼梦》主旨时说：

> ……傍淫他色，亦或判身与心为二概，歧情与欲为两途。以桑中之喜，兼柳下之贞，若不有其躬而可仍钟斯爱，形迹浮荡而衷情贞固者……马牛之风无它，媾合而已矣。男女之私，则媾合之外，有婚姻焉，有情爱焉。禽简而一，人繁而三……重以爱欲常蕴杀机，婚媾每行市道，参伍而合离之，人世遂多燕女滥窃之局，文家不乏歌泣笑骂之资矣。

这番说理显得周道平实，于人性与文学两面皆有体察理解上的警拔和深刻，一方面注意观览世俗，着眼于社会组织上的道德评估；另一方面则从言语表达的传统方式、隐晦方式与新创方式中，启发我们在历史环境与社会背景变化中观察人类个体处境的异同。

《十日谈》之外，钱锺书曾记录威尔金斯的《意大利文学史》（1954）对 14 世纪头一部仿作《三百故事》的评价，谓其对话生动、讽刺辛辣、绘声绘色，记历史小说家休利特（Maurice Hewlett）将作者萨恺蒂视为讲故事水平超过薄伽丘的作家。他熟读过的邓洛普《小说史》则引述并赞同将萨恺蒂的价值置于薄伽丘第二。桑科提斯在《意大利文学史》第一卷第十章说萨恺蒂是个"粗鲁随便、不讲规矩的家伙"，下文又说他"因袭陈腐"，"他写东西是因为人家已经写过了"，钱锺书的读书笔记抄录英译本、意大利文本各一遍，干脆把这一章都完全忽略掉了。须记得他曾说："在读过的薄伽丘的继起者里，我最喜欢萨恺谛，其次就是邦戴罗。"

《三百故事》传世的有两百二十三篇，虽然数量上和班戴洛不相上下，但每篇都很短小，难怪钱锺书中屡屡称之为"意大利古掌故书"。他用的是"李凑列经典丛书"的《著作集》（1957）本，《外文笔记》里抄录过两回，头回只摘了几段（包括了与《十日谈》重复的"放魔鬼入地狱"）。第二回读则是详尽的通读和抄录。

一般只认为 novella 源自拉丁文"新的"一词，钱锺书不可能不知道这个解释。汉语里"故事"、"掌故"的字面意思恰恰与"新"相反，"小说"倒是颇为贴切："小"未必意味着"短篇"，而主要表示"残丛小语"的"小"。钱锺书曾以《三百故事》第一百五十二篇中的一句（Questo famiglio volea pur parlare al signore, pensando forse d'aver danari per lo presentato dono; elle furono novelle che mai non poté andare a lui. "这仆人还想再跟其主人谈谈，以为他会凭着所带来的礼物得到些酬劳；但却是空扯无益，他再也无法接近主人。"）为核心，指出这里的 novelle 之含义相当于 inutile，"无用的"。又解释小说中的 nuovo 一词，判断即与 bizzaro（奇异的，古怪的）以及 strambo（歪曲的，失常的）同义，第一百四十五篇里的"che parea il piú nuovo squasimodeo che si vedesse mai（平生所见最为奇异的怪物）"这句，钱锺书以英文小字在行间解释 nuovo 为"strange（奇异的）"、squasimodeo 为"bogey（怪物，恶棍）"，批注谓雨果小说名作中的"夸西莫多（Quasimodo）"即源于后一字。他认为这个 nuovo 及 novelle 的用法可以与弥尔顿《失乐园》第十卷"为什么上帝……竟会在地上造出这样新奇小巧的东西"（金发燊译文）中所用的 novelty（新奇小巧的）相发明，且指出这个词带有着非难、贬损之意。尽管历来解释 squasimodeo 为"傻瓜"，但早先的《意大利语词典》也指出其字面义即"看似合理的（quasi-rational）"，因此从"貌似合乎常规（实则相反）"这个组词的结构来源看，"傻瓜"、"怪物"，都是可以说得通的，钱锺书的看法当然是不落俗套的见解。

萨恺蒂的小说集第六十四篇写一老绅士浑身披挂、骑瘦马远赴他乡参加比武，伤痕累累地回乡遭人嘲笑。钱锺书记述前人研究意见，谓此篇可能是塞万提斯写《堂吉诃德》的一个原型。他揭示中西修辞的不谋而合则更为有趣，如第二十一篇写一人弥留之际无人问视，唯有苍蝇久留不去，好似在传达上帝恩赐的讯息，批注联想到《三国志》裴松之注所引《虞翻别传》所云"生无可与语，死以青蝇为吊客"，以及寒山诗"若至临终日，吊客有苍蝇"等等；还引了德国荒诞派诗人莫根施特恩《致一只苍蝇》(*An einen Fliege*)："Du bist zu oft der wundersame Trost/ von Eingekerkerten gewesen（你的行踪对狱中人总是奇妙的安慰）"；我们还熟悉鲁迅的那篇《死后》："嗡的一声，就有一个青蝇停在我的颧骨上"，这值得再添补一笔。

名列第二位"最喜欢"的"薄伽丘的继起者"，班戴洛也被邓洛普称为当时"所有意大利小说家中名气仅次于薄伽丘"。钱锺书晚年不满于"译文把那些枝叶都删除了"，用了三百三十多页的笔记抄读了半部原文，还难得地翻译了其中一篇，对班戴洛改写的古代故事中反射出的"客观真实感"或云"富于时代本质"的表现大加赞赏。他用的是1928年再版的Brognolico编订本，只抄录了五册中的前三册，涉及了前两卷一百零三篇故事。第一卷第二篇是假托古波斯背景的中古宫廷故事，君主要与头号大臣在宫廷礼仪（cortesia）上竞争孰更高贵，每居下风，恼羞成怒要处死大臣，继而领悟到君主的职责在于分辨善恶，而不是自以为是地追求美名。被赦免的大臣从刑场上走回宫中，对君主说："世上有两种事物最为类似，即涨落不定的海潮和难以预测的风向，却有数不尽的愚人不辞辛劳地认真追求和关注着这些东西。"抄书至此，批注引罗伯特·伯顿的《解愁论》，"假若其人居于王庭，则抑扬趋附，随波逐流，因王者之喜怒而变化也"，颇见纸背的深深感慨。

班戴洛《故事集》影响了塞万提斯、德维迦、司汤达、巴尔扎克等大作家，莎士比亚的《罗密欧与朱丽叶》《无事生非》及《第十二夜》也都取材于此书。然而较少有人谈到晚近才被列入莎翁全集的那部《爱德华三世》，关于英王与索尔兹伯里伯爵夫人的暧昧故事，可能也是从班戴洛《故事集》第二卷第三十七篇中获得的灵感：在意大利小说家那里，英王使出万般苦缠功夫最终娶了孀居的少妇，而莎士比亚要表现英雄襟怀，遂将儿女情事拦腰砍断。钱锺书读这篇时非常赞赏班戴洛生花妙笔，不仅摘录了大段的对白与议论，甚至在描述伯爵夫人母亲一处以眉批叹说："very good!"

《外文笔记》还抄读了博乔·布拉乔利尼以拉丁文写成的《笑林》（*Facetiae*）英译本，"笑林"是杨绛译《吉尔·布拉斯》注释中的用名。杨绛译注中所引的那条《笑林》，说的是富有的教士厚葬爱犬，遭主教指责，辩称狗留下了遗嘱，将它的部分财产给了这位贪财的主教。译注说这个故事是欧洲最早的传说，后来传入法国特别流行，并举出了另外三种受此影响的作品。这番丰富的知识其实是从邓洛普《小说史》里抄来的。傅雷一九五四年致宋淇信："闻杨绛（译 *Gil Blas*）经锺书参加意见极多。"中文阐释者们向来根据苏俄学者的解释，称 facetia 为"猥亵小说"，指"一种内容不健康的色情小说"，实际上，它只是指文艺复兴时期以拉丁文写作的 novella 体。不过博乔的这部"段子集"的确也是偏爱低俗、秽亵的情节。作为担任过半个世纪教皇秘书的他和教廷里的同侪们曾为了打发时光，建立了一个叫"谎话作坊"（Bugiale）的俱乐部，肆无忌惮的谈资成为日后拉丁文习作的素材。博乔乃是著名的古典学问家，他让很多古希腊罗马文献重回人世：在法兰西与日耳曼各地修道院寻访中古钞本的过程中，他从释读、誊抄的工作中接触到活生生的古人智慧，发现了未经"黑暗时代"之阴翳的世俗文学的魅力，这也就是他想要写这么一部离经叛道的小书的原因。

《外文笔记》还有以打字机摘录的查理·斯佩罗尼的书，今有中译本题为《诙谐的断代史：意大利文艺复兴时期妙语录》，搜罗了文艺复兴时期的十几位意大利诙谐作家，除了卡斯蒂廖内《廷臣录》是钱锺书详细读过意大利语原文的书，其他应该都没在别处读过。在笔记中有一处表达了钱锺书的独到之见，多米尼奇在那部最大部头的掌故集中记述有人纠正神圣罗马帝国皇帝的拉丁文法错误，他傲慢地答复说："我是罗马皇帝，高于语法！"批注中引了古罗马作家苏维托尼乌斯的《论语法学家》的拉丁文原话："你作为元首能赋予人民一个身份，但不能给词语一个用法。"虽两造相隔千年，却简直就是同一情景下的当面反击。

1978 年，钱锺书在意大利开会发表英语报告，题目是《意中文学的互相照明：一个大题目，几个小例子》，先举《十日谈》第四日"入话"（未涉人世之少年入闹市见美色女子而惊异，其鳏父骗他说是母鹅，回家后少年唯思求得一"母鹅"）与《续新齐谐》卷二、《聊斋志异》卷七"青娥"但明伦评相比照，复举《后汉书》与《世说新语》中孔融的"小时了了，大未必佳"名言与博乔《笑林》及萨恺蒂《三百故事》中相同的"少年谐智"故事，认为中意文学一定存在着尚未揭示的古代交流途径，"它们很值得研究"。英文原稿涉及的材料更多，乃是原来笔记批注的删略。其实，博乔的《笑林》还有好几篇是中国读者非常熟悉的，比如"丢驴吃药"，比如"爷孙赶驴"，还有今天很多人在童年时听过的阿凡提故事（只不过主人公换成了但丁）。

此外，钱锺书还读过比班戴洛更晚的巴西尔（Giambattista Basile，1566—1632）所著《五日谈》（*Il Pentamerone*），这部集子原来是以那不勒斯方言写成的，往往不太被认可为是薄伽丘的成功仿作，倒是被视为童话作品的最早范本。里面颇有几篇著名的故事受到后世的因袭和改造，比如第一日第六话的"灰姑娘"和第二日第一话的"塔中长发少女"。钱锺书读过《一千零一夜》的著名译者理查德·伯顿的英译本以及著名学者克罗齐的意大利语译本。克罗齐这部译本历来被视为《五日谈》研究的里程碑之作（1925，1974 年重印时开始加入卡尔维诺所作新序，钱读的是 1957 年重印本）；而伯顿的翻译是第一个完整的英译本（1893），目前中文世界惟一汉译本（马爱农、马爱新译，1996 年）就是依据伯顿这个译本转译出来的，虽力求严谨，文词上也颇下功夫再现原作魅力，但终究因伯顿英译本的陈旧过时而难免讹误。比如"引子"中叙喷泉前一老妪与仆役斗嘴，最后老妪"就像乡巴佬常说的那样：'用牛角挑开你的狗眼，看看老娘是谁！'"查原文"乡巴佬"一处本为人名Silvio，克罗齐此处注云后面那句话出自文艺复兴时期意大利剧作家瓜里尼的喜剧《忠贞的牧羊人》（*Pasto fido*）开场，当时此剧大为流行，故而老妪能脱口而出。"Ite svegliando gli occhi col corno"，本义是游猎者招呼伴当们"吹响号角睁开双眼"的一句口号，在此掺杂于谴骂中语涉双关，类似说"以尔之角开尔之眼"，"角"、"眼"都涉及性暗示，于是立刻让一直不笑的公主展颜启齿。伯顿不了解这个出典，译注中说那人名可能是个牧羊人，遂造成中译本马虎带过。钱锺书在读塔索的田园诗剧《阿明塔》和古希腊田园诗集的札记中早都抄录过瓜里尼这部剧的内容，因此在这里只是简略标注了克罗齐所提示的出处。

对克罗齐译本的摘录又被采入《容安馆札记》第六百九十九则进行讨论。《札记》开篇的英文评论，表明了钱锺书重视这部短篇小说集，在于"巴西尔此书为安徒生之外惟一一部为成年人所喜爱的童话集"，虽写天真幼稚之故事，叙述笔调中却具有着成熟的心智，带有作家个人的"那种充沛的主观精神"（questa permeante soggettività）。而巴西尔在文体风格上最突出的两个特点，乃是"警句派"、"概念主义"或译作"玄思派"（concettismo），以及"列举法"（Enumeration）。这两者，尤其前者，将巴西尔与他所处的17世纪前期欧洲文学主流紧密联系起来。钱锺书在札记中也注意到克罗齐将这种文词上的想象力与巴洛克时期意大利文坛最具势力的马里诺派诸家相提并论（克罗齐对于巴洛克文学带有成见，他认为巴西尔是在无意间脱离了巴洛克的套路才成就其伟大的）。实际上，巴西尔起初就是马里诺派诗人，不过成就不突出罢了。他脱离马里诺派窠臼后完成的讽刺诗集《那不勒斯的缪斯》（*Le muse napolitane*）是充满了修辞张力的一部作品，这种对话口吻的牧歌体文学也出现在了《五日谈》中。而钱锺书在札记中以引述他人意见所盛赞巴西尔堆聚同义词（accumulation of synonyms，并称此为"a baroque device"）的列举之才能，"同义词集的滔滔洪流喷薄而出"（fiumana impetuosa di sinonimie accavallantesi），成为"一场放纵了对于含义之关注的游戏，对于文词意指不加附带之内容"（un jeu libéré du souci de la signification et placé sans le signe de la gratuité），这当然还是巴洛克文学的修辞追求。更令人惊异的是巴西尔在五十篇故事中设计了对于日出日落的一百多次隐喻修辞描述，花样层出不穷。钱锺书在札记中特别提到，克罗齐一再强调《五日谈》中关于晨昏时分以曲折迂回的滑稽之言进行表述的多变特色。钱锺书评价说，这种被巴西尔以超卓之才华进行戏拟的史诗体套路，其实是文艺复兴以及巴洛克诗歌中屡见不鲜的手法。我们看《五日谈》最新的权威英译本作者卡内帕（Nancy L. Canepa）教授所写的专著《从宫廷到山林》（*From Court to Forest, Giambattista Basile's Lo cunto de li cunti and the Birth of the Literary Fairy Tale*, 1999），第八章末节即专门讨论《五日谈》中这个修辞现象，所举的文艺复兴及巴洛克时期诗文例证，包括了马里诺的《阿多尼斯》以及法国七星诗社诸家作品；他引的马莱布（François de Malherbe，1555—1628）那首《圣彼得的眼泪》还是别人著作中讨论过的。对比钱锺书完成于 20 世纪 60 年代后期的札记，卡内帕所引文献都涵盖其中，并且对于马莱布同一首作品，钱锺书引的是其法文全集的编订本。不仅如此，钱锺书这段札记里还比较了德语巴洛克诗家们的类似创作，充分证明了这种修辞追求的时代性。

综上所见，钱锺书对于文艺复兴时期的短篇小说集的阅读，在他所见的意大利语范围内达到最大限度的延伸。遗憾的是有些作品他平生未能寓目，比如塞尔坎比的《故事家》、又比如史特拉帕罗拉（Giovanni Francesco Straparola，约 1485?—1557 以后）那部影响久远的《欢夜集》（*Le piacevoli notti*）。意大利语之外，他对法国玛格丽特女王所写的《七日谈》的了解，可能也只是来自于文学史。《容安馆札记》第四百四十四则论《堂吉诃德》时曾说："尽管我不能阅读西班牙语书籍，但在我看来，意大利人和西班牙人在散文体讲故事技艺方面早就臻于化境，这领先英国人甚至法国人很久。"由于学西班牙语比较晚，钱锺书对于近代早期西班牙短篇小说集读得更少了，塞万提斯的《警世故事集》（*Novelas ejemplares*），他抄读过英文的选译本。还有那部比《十日谈》早的《卢卡诺伯爵》（*El conde Lucanor*，1335），安徒生《国王的新衣》源自此书第三十二篇，钱锺书也没读过。《容安馆札记》第六百九十一则曾论安徒生此篇"讽世殊妙"，页旁所增补注提到晚明人陈际泰文章中有类似故事记述，号称是"读西氏记"所得，钱锺书说："所谓西氏，当指耶稣教士，惜不得天主教旧译书一检之，此又安徒生所自出耳。"《管锥编》引及这段时，又以为"'西氏记'即指《鸠摩罗什传》"。由此回看《札记》中对意、西两国文家在 novella 方面的奖誉之言，大概也就只能坐实了一半吧。

（部分内容刊于《读书》，2016 年第 8 期）

堂吉诃德的藏书

　　最近关心文艺复兴时期西方文学在中国的流传，我注意到西班牙语早期小说被译介的比较丰富，且多是《堂吉诃德》里面主人公的藏书，特别是第一部第六章烧书时侥幸留存的那几部。堂吉诃德曾向人宣称自己有三百多部藏书，都是供他"解闷消闲"的，而在他亲友看来则是老绅士不务正业的祸根，必要彻底清除而后快。烧书这种活动，古老到与藏书同样久远，甚至令我们产生这样的印象：收藏书籍，可能就注定要被焚毁的。但抛开其他因素不谈，小说虚构的查烧藏书可算是一场极端的文学批评。堂吉诃德的街坊，那位名叫佩德罗·佩雷斯的神父，被作者讽刺地称为"西宛沙大学毕业的一位博学之士"，决定了那些书籍的生死，他的评判可能就代表了作者本人的意见，而这些意见也多藉由《堂吉诃德》的声名，成为西班牙文学史今天的定论。

　　比如被神父称为"趣味无穷"的《著名的白骑士悌朗德传》

（*Historia del famoso caballero Tirante el Blanco*），作者是马托雷尔（Joanot Martorell，1413—1468）与加尔巴（Martí Joan de Galba，?—1490）。1991 年，王央乐根据加泰罗尼亚语原著编订本完成了一部全译本，题为《骑士蒂朗》。今天看来，此书虽是中世纪骑士小说的主题，却摆脱了魔术师和恶龙的陈腐套路，富有时代的真实性，如塞万提斯笔下人物所议论的那样："书里的骑士也吃饭，也在床上睡觉，并且死在床上，临死还立遗嘱，还干些别的事，都是其他骑士小说里所没有的。"（以下均参考杨绛译文，稍加修订）

堂吉诃德所藏三部题为《狄亚娜》的田园小说，被神父饶恕了两部：堂吉诃德昏迷时都背得出蒙特马约尔（Jorge de Montemayor，约 1520—1561）的《狄亚娜》（*La Diana*），神父则说须删掉长诗，才可以保存下来；而加斯帕尔·希尔·波罗（Gaspar Gil Polo，1530—1584）的续篇《多情的狄亚娜》（*La Diana enamorada*）更是被视如神作。这两部是塞万提斯珍视的经典，在 2000 年都由李德明译成了中文。另外一部"萨拉曼卡人写的"《狄亚娜》续集，出自萨拉曼卡一个名叫阿隆索·佩雷斯（Alonso Pérez）的医生，被神父毫不留情地判处火刑。

堂吉诃德的书架上还有塞万提斯自己写的《伽拉苔亚》（*La Galatea*），中译本收入人民文学出版社《塞万提斯全集》的第四卷。这部田园小说只写成了第一部，模仿了意大利人文主义大家桑内扎罗（*Jacopo Sannazaro*）的《阿卡狄亚》与上述那两部《狄亚娜》。《堂吉诃德》中有一个悠游山林的美貌少女，是不愿意陷入男女欢爱的马赛拉，她所说的那番"山中绿树是我的伴侣，清泉是我的镜子；绿树知心思，清泉照容貌"，有学者指出就源自《伽拉苔亚》第六章赫拉茜亚所歌，两个少女的形象也较为雷同，而《堂吉诃德》还有多处修辞手法也都是《伽拉苔亚》中已经用过的。

以《高卢的阿马狄斯》（*Amadís de Gaula*）领头的阿马狄斯系列，都没有被译成中文。虽然理发师和神父饶了第一部，可是担了个"一切骑士小说的祖宗"罪名，至今也没有被翻译成中文。其实小说人物弄错了，上面的《白骑士》才是最早出版的。而那些什么《艾斯普兰狄安的丰功伟绩》（*Las sergas de Esplandián*）、《希腊的阿马狄斯》等续作，都是被立即烧掉的书了。一并被烧毁的还有托尔克马达（Antonio de Torquemada，约 1507—1569）的两部作品，《群芳圃》（*Jardín de flores*）与《堂奥利房德·德劳拉》（*Don Olivante de Laura*）。塞万提斯虽然放任自己笔下人物将这两部书贬得不值一文，他本人却偷偷地在《贝雪莱斯和西吉斯蒙达历险记》暗自蹈袭了《群芳圃》的情节。

遭神父极度贬斥的骑士小说，还有《十字架骑士》（*El Caballero de la Cruz*）、《普拉底尔骑士》（*El caballero Platir*）。小说叙事者曾说："像普拉底尔那一流的骑士，还有很多博士为他作传"，言外之意亦是不表赞许。神父说一看到就要送入火中的两部书，其一是《贝尔纳多·德尔加比奥》（*Bernardo del Carpio*），此书主人公那是堂吉诃德尤其佩服的人，后文在黑山修炼时还曾考虑以之为典范，这说明他可能也有这部藏书；另一部书叫《隆塞斯巴列斯》（*Roncesvalles*），这个题目来自查理曼帐前骑士罗兰（或奥兰陀，或罗尔丹）阵亡之所在的地名，当时有两部以上的西班牙译述或称改写本都包含了此名。神父对两部名称近似的小说给予了截然相反的待遇，他要求将《橄榄山的巴尔梅林》（*Palmerín de Oliva*）马上烧掉，把《英格兰的巴尔梅林》（*Palmerín de Ingalaterra*）当作珍宝收藏。其实这两部书连同上面的《普拉底尔骑士》属于一个系列。看看今天西班牙文学研究界对这几部书的评价，便知道神父是替塞万提斯表达出了真知灼见。免刑但是被神父禁止阅读的书，有一部《希腊的堂贝利阿尼斯》（*Don Belianis de Grecia*），主人公的经历一直令堂吉诃德着迷得仿佛相识，还想要动笔写个续作；但后文他自己又说贝利阿尼斯不能与阿马狄斯相比，足见还没有着迷得看不出此书乃是《高卢的阿马狄斯》的效颦之作。理发师作为烧书的助手，他最爱的骑士小说有一部《太阳骑士》（*El Caballero del Febo*），堂吉诃德在谈话时也引述过，但这人读书无甚见解，口味也不高明。

佩雷斯神父替他的作者说话，把一堆朋友的诗集都留了下来，在此忽略不提。可注意的是他极度推崇撒丁岛的加泰罗尼亚诗人安东尼奥·德洛夫拉索（Antonio de Lofraso）所写的韵体田园小说《爱情的运道十卷》（*Los diez libros de Fortuna de amor*），说此书是"这类作品里最拔尖的"。不知道塞万提斯出于什么目的会这么写，因为那部小说今天被称为是蒙特马约尔

《狄亚娜》的拙劣仿作。而塞万提斯的长诗《帕尔纳索斯之旅》，写通往诗坛圣地的航程中遭遇狂涛恶浪，需要丢掉几个倒霉蛋减轻辎重，先被选中的就是这位"兼把诗作"的撒丁岛士兵洛夫拉索，幸好墨丘利现身救他不死，才不至于逃了火灾又遇水厄。塞万提斯对比他年纪略轻同时代大作家德维伽（Lope de Vega）充满敌意，在小说中随处可见对此人的冷嘲热讽。因而我们看到尽管堂吉诃德正儿八经地称他是"卡斯蒂利亚独一无二的著名诗人"，也应该明白这并非什么好话。

塞万提斯在小说开篇急着树立一个针对的打击对象，就提到堂吉诃德最称赏的作家是腓力西阿诺·德·西尔巴（Feliciano de Silva，1491—1554）。这个作家喜欢"绕着弯儿打比方"，什么"你以无理对待我的有理，这个所以然之理，使我有理也理亏气短；因此我埋怨你美，确是有理"的台词，和今天狗血言情剧的段子挺像的，却也是"魔侠"所有行动的依据。西尔巴好写些狗尾续貂的作品，包括一部《塞莱斯蒂娜》（*La Celestina*）的后篇（上引"有理无理"一段便参考此书而成）、四部《高卢的阿马狄斯》的续集，其中就有被查封藏书的神父称为文词"扭扭捏捏，令人作呕"的《希腊的阿马狄斯》（*Amadís de Grecia*），其中的"火剑骑士"被堂吉诃德视为胜过熙德的人物。

20 世纪末，西方学者发现，第一部第二十四章卡迪纽的故事，就来自圣佩德罗（Diego de San Pedro，约 1437—约 1498）所写的《阿纳尔特与路森达的爱情故事》（*Tractado de amores*

de Arnalte y Lucenda）这部"哀情小说"。圣佩德罗的感伤文学在英法意诸国比较吃香，谁知他也受到了本国后起大文豪的注意。不过我们要记得塞万提斯还是带着消遣的口吻来摹写这个故事的，陷入了"爱情牢房"（*Cárcel de amor*，这是圣佩德罗的另一部小说，两书都有李德明先生的译本）的卡迪纽一说起心上人爱读骑士小说，剧情就转了，堂吉诃德插嘴后，两人为了小说里的情节扭打成了一团。堂吉诃德开始是这么说的：

> 我只愿您把《高卢的阿马狄斯》送给她的时候，把《希腊的堂罗亥尔》那部妙书也一起送去。

其中《希腊的堂罗亥尔》（*Don Rogel de Grecia*）就是西尔巴所写的某部阿马狄斯续集中的一个分册。

有一点需要说明，堂吉诃德虽然心性迷狂，他的学问却不差。第一部结尾，有位托雷都的教长与他辩论骑士小说内容是否可信，最后竟甘拜下风。从其言谈吐属来看，堂吉诃德至少还读过《熙德之歌》、《罗兰之歌》、《湖侠朗司罗》、《巨人莫冈德传》（*Morgante*）、《奥兰陀的疯狂》、彼特拉克诗集等名著，但想必大多是西班牙文的译作或改写本，例如对于博亚尔多《奥兰陀的恋爱》的了解，就来自于一部西班牙语散文体的翻版，叫《骑士宝鉴》（*Espejo de caballerías*）。上面提到的桑内扎罗的《阿卡狄亚》在当时也被翻译成西班牙文了，为《堂吉诃德》中男女各色人物所熟悉。堂吉诃德临终前，神父想要哄他开心，还说自己写了首牧歌把《阿卡狄亚》都压倒了呢。

那部经典戏剧名著《塞莱斯蒂娜》现在有四个以上的中译本，理应也是堂吉诃德书架应有之物，注疏家已经指出他在向桑丘问询心上人近况的那段排比句就是从这书里抄来的。此书也为小说其他人物们所熟悉，比如客店主人的女儿说起自己爱听的小说情节，第二部某学士提到各年龄段读者对《堂吉诃德》的欢迎以及念《圣阿波罗尼亚经》止牙痛的话，都来自《塞莱斯蒂娜》。

堂吉诃德曾说："谁比叙尔加尼亚的弗罗利斯玛德临险更勇往直前呢？"可《叙尔加尼亚的弗罗利斯玛德》（*Florismarte de Hircania*）这部小说不知何处得罪了塞万提斯，成为唯一一部被神父判了两次火刑的书（另一次见第一部第三十二章）。根据那位与堂吉诃德同样着迷骑士小说的客店主人所说，这部书里写了一剑劈开五个巨人啊、一百六十万人的军队被主人公独自打得落花流水等情节，但学者们查考后说并非原作如此，而是塞万提斯的杜撰。那个客店主人还推崇一部《色雷斯的堂西荣希留》（*Don Cirongilio de Tracia*），除了情节夸张荒诞外，还有不少篇幅剽窃了《高卢的阿马狄斯》，足以说明推崇者品位不佳，难怪这书在堂吉诃德书房中是找不到的。

那个大谈骑士小说的托雷都教长提到的加尔西·贝瑞斯（Garci Pérez de Vargas），就是堂吉诃德所称誉的"大棍子"巴尔伽斯，这个传奇人物的故事见于西班牙中古末期的故事集《卢卡诺伯爵》（*El conde Lucanor*，1335）。此书目前至少有五个中译本了。最初为中国读书界所知，只是因为里面有一篇是安徒生童话《皇帝新衣》的原型，现在我们知道它也影响了堂吉诃德的行侠作风。

查毁堂吉诃德的藏书时，神父这样评价写作《奥兰陀的疯狂》的阿里奥斯托："如果他跑来不说本国话，我对他并不佩服；如果他说本国话，我对他顶礼膜拜"，却又对理发师说，"你看懂了也没什么好处"。这是批评当时的西班牙译本把《奥兰陀的疯狂》给毁掉了。中文世界目前还没有"说本国话"的阿里奥斯托（概述大意的读物不算），希望这不是《堂吉诃德》里的那些评价造成的。

（《上海书评》2016 年 6 月 19 日）

维特鲁威书中的趣味掌故

　　历史悠久、才人辈出的古典拉丁文学，在中世纪以后经受了一定程度的损毁亡佚。据说以诗文名世的著作遭灭顶之灾的最多，惟有实用学科的"知识类书"往往幸免于难，比如老普林尼的《自然史》和后人的摘录本，比如小塞涅卡的《物理探原》，比如介绍造饭的烹饪书《老饕》（*Apicius*），还有弗隆提努斯关于罗马水利工程的名著《论水渠》（这个规律不见得可靠，书籍之传存流失往往是很偶然的事）。罗马帝国初期的建筑师及学者马尔库斯·维特鲁威·波利奥（Marcus Vitruvius Pollio，约西元前 90—前 20 年）所著作的《建筑十书》，也是如此。

　　这是"从古代幸存下来的唯一一本保存完好的全面的建筑学论著"（见《罗马的遗产》，中译本，第 400 页）。在古罗马大学者瓦罗的《教育九书》（*disciplinarum libri novem*）中，建筑学，与医学一起，被当成后来奥古斯丁等人所提出的七门人文学科之附庸。西方传统也曾把建筑学放在"实用七术"（Seven

Mechanical Arts，关于具体是哪七术说法不一）之中，乃是那高高在上的"人文七艺"（Seven Liberal Arts）之补充。以mechanic（机械的）这样的形容词来界定这类学科的性质，对应于liberal（自由的），似乎以为其中学人心智投入不多，所用之学理知识多渊源于其他尤其是人文诸科。因此毫不奇怪的是，维特鲁威在书中开列建筑师需要学习绘图、几何学、算术、光学、音乐学、法律、天文学等等，从而辅助其人完成设计方案，甚而还要学习哲学和历史，以"洞察自然物性和人生真谛"，从而为塑造木石中的艺术主题而获致灵感。以古观今，"今天，学科的人为划分，尤其是建筑学（工科）与艺术学（文科）的分家，导致了无数'专家'的出现和'通人'的奇缺，也导致了技术的高度发展和人文精神缺失的悲哀"，此书译者陈平先生如是感慨。

单从建筑史或艺术史的角度看，《建筑十书》的优点和缺点都是很明显的。优点在于这是古代人自己留下的文献资料，维特鲁威承前启后，总结希腊化时代的建筑学经验，为此后帝国的公私营造工程提供了可行方案。比如柱式的概念和以人体比例为基础的模仿理论，文艺复兴时期的巨人们将之发扬光大。缺点在于，维特鲁威著书于"三寡头"时期，他还没能亲历帝国时代那些恢宏雄奇的建筑奇迹，"另外，作为一个天生的保守者，他忽视了变革的共和国时期的建筑物"（《罗马的遗产》）。关于这些，专业人士自有更为深刻高明的见解，毋庸我这样的普通读者多嘴。我所感兴趣的，其实只是其中零散可见的一些掌故而已。"正因为零星琐屑的东西易被忽视和遗忘，就愈需要收拾和爱惜……好比庞大的建筑物已遭破坏，住不得人、也唬不得人了，而构成它的一些木石砖瓦仍然不失为可资利用的好材料。"（钱锺书：《读〈拉奥孔〉》）

这些好材料，比如关于共鸣缸的记述（5.5.1—8）。亚里士多德的《问题集》（11.8—9，中译本第 314 页注释 6 出处有误）虽然就提到了陶缸尤其是青铜缸埋进土中产生更强回音的原理，但是并未说这个原理适用于剧场，"这是维特鲁威所列举的希腊建筑具有高度技术特征"的一个实例，他在书中详尽介绍了不同形制的剧场摆设共鸣缸的具体方案，配合中译本书后所附图注，我们可以得到一个比较清楚的认识。但是这则技术细节的介绍，其实可以帮助我们更生动地了解希腊罗马戏剧演出的具体情况。维特鲁威自己也说道：齐塔拉琴的演奏者（中译本将 Cithara 译作里拉琴，等于是以今世之类目名称代之，在此略显不确，尤其是里拉往往被用以翻译拜占庭时期的三弦梨形乐器 lyra），若想要更大声（中译本译作"更高的调子"），可以转向舞台的木门，产生共鸣效果。但剧场若是以坚石筑成的，则只好借助于共鸣缸了。以前我读罗念生关于古希腊戏剧史的介绍，看到他说喜剧演员借助于面具上的嘴部传声，可使上万人观众的剧场同时清楚地听到每一句台词，觉得难以置信，维特鲁威说的共鸣缸，倒是更为靠谱的工具。又比如希腊剧场里的舞台布景，罗念生只说"很简单"，"通常是庙宇或宫殿的前院"，维特鲁威则说得更为详细，分别了悲剧、喜剧和萨提尔剧的不同装饰思路，这是后世研究这一问题最重要的书面文献依据，由此而知罗念生说的只是悲剧的布景。

另外有两个有特别价值的好材料，见第七书序言。作者先讲述了关于拜占庭的阿里斯托芬的故事，此人学问极大，在希腊化时期供职于埃及的托勒密王国的亚历山大里亚图书馆，他受命担任诗歌朗诵比赛的评委，提出第一名应该授予最不受观众欢迎的诗人，理由是此人朗诵的是自己的作品，受人喜爱的诗人朗诵的都是剽窃之作，而裁判应该关注原创作品。这故事虽然不见得可信，但显示了图书积累的时代，人们的学术意识逐渐萌生，对于原创与剽窃始有分别之心，裁判的意见代表着文学批评的价值观，而文学批评是建立在文献考据索隐的基础上的。

另一个故事更不可信，维特鲁威把一个西元前4世纪以诋毁荷马史诗闻名的学者左伊卢斯（Zoilus）交给西元前3世纪的国王判以死刑。这个虚妄的掌故也有"可爱"之处，即在于它反映出古时人们对于荷马史诗的热爱，以及对于评判往古作家时缺少"温情与敬意"之辈的厌恶。中译在此也有一点儿小瑕疵，即译到"有些著作家说他被菲拉德尔夫斯（Philadelphus）钉上了十字架"处时，没有注意到那个"菲拉德尔夫斯"指的就是前面说的"国王"托勒密二世（这个诨号应译作"爱姊者"），将之当成了另外一人。

此外诸如第六书"私人建筑"，详细介绍了希腊罗马社会的私人住宅屋舍的各种细节，包括构造、采光等问题，第七书

"建筑装修"，谈地板、墙面、穹顶的修饰，有助于我们了解古代人的生活细节与文化心理。还有关于柱式名称的神话来历，攻城拔寨中的历史插曲，古希腊哲人对于自然万物的言论，等等，都是我们今天这些建筑学以外的读者翻阅维特鲁威此书而津津乐道的段落。陈平先生贡献的这部译本，论精密、详赡、典雅，都远超出二十余年前高履泰先生的旧译本（比如上文所言的那个专名，Philadelphus，高先生当成地名来译），图文并茂，必是经得起时间检验的佳作。

（《南方都市报·阅读周刊》2012 年 12 月 23 日）

林译小说作坊的生产力

2005 年 6 月，我在苏州大学参加了一次国际青年"汉学家"会议，见到了来自哥伦比亚大学东亚系的博士生韩嵩文（Michael Gibbs Hill）。他当时提交的英文论文，后来有了中译本，收入王德威、季进主编的《文学行旅与世界想象》（江苏教育出版社，2007 年）一书，题名是"启蒙读本：商务印书馆的《伊索寓言》译本与近代文学及出版业"。我曾仔细读过这篇论文，印象最深的，倒不是文章主题所谈的晚清出版业网络集团的特点，也不是作者对林纾在《伊索寓言》添加个人评论的解读，而是他提到自己检查了约百种 18、19 世纪的英、法文译本《伊索寓言》，没能找到"与林纾《伊索寓言》故事的顺序或版画相对应的原文版本"。那时我正对晚清翻译文学的底本来源产生了一点兴趣，对韩氏的勤奋认真态度顿生钦佩之心。

2013 年伊始，承蒙金雯女士赐阅刚刚出版的韩嵩文新著《林纾公司：翻译与现代中国文化的生成》（*Lin Shu, Inc.,*

Translation and the Making of Modern Chinese Culture，Oxford University Press，2013），我有缘第一时间再度瞻睹这位勤奋学人的最新研究成果。开卷之前，我心中最为期待的，是希望看到作者在七年后披露出新的考证成果来。但粗览一过，感觉有些失望，关于《伊索寓言》底本的内容，还是原来那几句话。我原本以为他会利用西方学术优势，对于林译小说底本进行广泛考索。然而，这本书并未涉及太多的林译小说文本，与国内常见的一些林纾研究专著一样，仍以几部耳熟能详的林译小说为代表。

当然，我们了解细琐考据是意图发明体系的学者所不屑为之的，而抽样调查可以产生关注点更为集中、问题意识更为突出的论述。韩嵩文说自己的思路是选取文本的翻译与再生产活动的协作化模式为对象，关注其中的网络关系，而不仅仅将"林译小说"看成是林纾个人的成果。他选择了一些代表性的作品，以考察林纾及其合作者如何将那些西方文学作品移植到一个新的语境中。因为林纾不识外文，他在翻译中的工作实际上是将口译者用中文解说的外国作品之大意进行笔述，二十余年间，林纾与至少二十位口译者合作过，这种集团化的高速翻译生产流水线，使得"林纾公司"这一名号合乎题旨。第一章总论之后，第二章主要讨论了"林译小说"的生产方式之渊源，即对译的传统，此外还谈到"评点"，这是"林译小说"个性鲜明的一个副产品。为了深化其中各方面的细节问题，韩嵩文以第三、四、五章结合"林译小说"的文本进行分析。第三章谈的是《黑奴吁天录》（即《汤姆叔叔的小屋》）和《伊索寓言》，这两部译作中，林纾以不同的方式树立了自己的政治、文化形象，从原本美国关于黑奴人权的作品和西方古代哲理故事中发现了对于中国现实社会政治环境的影射，作者以为这两部属于合乎"林纾公司"生产目标的成功之作；第四章谈及《孝女耐儿传》（即《老古玩店》）、《贼史》（即《奥利弗·退斯特》），并巧妙地将之与清末同时期的社会小说的某些特征联系起来，韩嵩文看来，林纾以汉语文言旧体与儒家思想传统诠释狄更斯这样较有深度的小说家时，不可避免地暴露了他本人政治价值、道德价值的局限性，因此以这部分译作为不甚成功的"产品"；第五章，韩嵩文着力于林译华盛顿·欧文的《拊掌录》（今译《见闻札记》）的分析，认为欧文的悠悠思古情调和旧派文体影响了林纾的文学与文化立场，更坚定了他对古文地位不可动摇的信念。

韩嵩文在论述中勾勒出这些翻译作品在中国的文学因缘的接受小史与文献谱系。第三章中，《伊索寓言》的早期汉译过程，已是老题目了，兹不多言。而比如《黑奴吁天录》，韩嵩文就用了不少的篇幅介绍此后读者的感怀诗、童蒙读物，以及各种改写的小说和改编的戏剧。第四章把林译"为下层社会写照"的狄更斯小说与清末社会小说关联起来论述，我觉得是一个非常值得研究的题目，这一问题还可以扩展开来，很多文本都可以吸纳进来，可惜作者没有特别着力于此。第五章可能是最有意思的一章了，开首题记是从《见闻札记》中引述欧文摘录英国文豪罗伯特·伯顿《忧郁的解剖》中的一段话，谓西方古典晚期学者叙涅修斯（Synesius）有言："窃取亡者之业绩，甚于掘墓盗衣"，伯顿说，若此话当真，大多数著作家恐怕都难辞其罪了。古往今来的文学家，能赤手空拳凭空独创者，寥寥无几，蹈袭依傍，在所难免。号称"我手写我口，古岂能拘牵"者，果然跳得出如来佛的手掌心吗？韩嵩文以为，林纾在民国初期对于华盛顿·欧文的欣赏，即在其好古守成的文化趣味与文体风格。他介绍了"怀旧"（nostalgia）在现代文化心理上的义涵（最终可表述为"对于过去的虚妄梦想以及对于难以实现之未来的想象"），具有"恢复性的"（restorative）和"反思性的"（reflective）两面。"恢复"似乎主要还是对往昔的追慕，"反思"则更能体现主体精神之批评立场。作为题材的"怀古"文学和作为路径的"复古"文学，当以"恢复"与"反思"兼备为长。而韩嵩文以为林纾翻译《拊掌录》时恰恰做到了这一点，他比较了林纾译笔的古文风味与中国古代文言散文小说之名篇的关系，这让人想起来钱锺书曾说林纾译小说的文笔不遵守桐城家法，甚至也不是标准的古文。至少在韩嵩文论述下的《拊掌录》中，我们看到钱锺书的判断可能也不尽然。此章最后一部分论及严既澄后来校注林译《拊掌录》的一些评议，也让我们看到了林译小说在后来时代里的一些回音。其实依照前两章的体例，还可以提到 1938 年王慎之重译的《拊掌录》，这个译本虽然是白话翻译的，却明显带有林纾影响的痕迹。

第六、七章讨论的是"林纾公司"在民国以后所面对的学术文化环境的变迁。一部分与林纾的古文家身份有关，比如清末民初时期的国学研究风气，商务印书馆的教科书帝国，早期关于国语的讨论，还有蔡元培任校长之前的旧北大之同仁、课堂与学生。韩嵩文在这一系列论述之后，谈到了林纾自己的古文写作。另一部分，则与林纾作为小说翻译家的身份有关，这其中的核心事件，当是五四新文化运动阵营与林纾就白话文问题发生的冲突。刘半农与钱玄同在《新青年》上合作了"王敬轩"双簧信事件，对当时两位久负盛名的翻译家进行攻击，林纾和严复首当其冲，韩嵩文称此事件为"一出过分的恶作剧"（a serious hoax，第203页）。分析其原因，他认为刘、钱之辈挑战的并非仅仅是一个古文权威，而是民国初年经济效益和社会影响都十分巨大的一种出版运营模式。虽然林译小说使他自己和商务印书馆都获利不小，但原本那种生产模式要应付泛滥成灾难保质量的译稿和渐成规模的新式读者的批评。林纾名气越大、产量越高，原本那种权宜之计下出现的生产模式（对译）也就问题越多，这些问题也越容易成为众矢之的，于是林纾作为新（面对留学生）、旧（面对章门弟子）文化之权威的形象也就越岌岌可危。

韩嵩文在此书结论中联系到"林纾公司"所面对的问题在20世纪各个年代中的回响。他在最后一段说，对林纾的研究完全超出了近代中国文学这个范围。"欲述其大者，学者需要另辟蹊径"，说得意气风发，令人不由得产生敬意。我猜想作者应该看了大量相关研究论著后，对自己的研究产生了信心。这的确是一部在很多方面都可以启发同行的优秀学术著作。不过作者对于中国近现代文学作品和史料的掌握，存在理解粗疏和简单之处，难免构成了其中的一点儿瑕疵。比如《林纾公司》在开篇曾引张元济与人书信的资料，着墨于林纾身后的穷困潦倒。与之形成鲜明对照的，是畏庐友人高凤岐序《技击余闻》时提出"林琴南之文字制造厂"的说法，还有更为人所熟知的陈衍当年用以戏称林纾书斋的"造币厂"（《续闽川文士传》）。陈衍为林纾作传，确实说他的书画还有翻译文学都给他带来了很好的经济效益，但之所以身后萧索，还要朋友们周济遗族的教育经费，主要是因为这位平生有豪侠气的文人颇能疏财的缘故。韩嵩文却想将林纾"公司"晚年乃至身后的衰落与破产，象征为一种文化品格与传统的没落（见第2页、第3页间一段）。这种处理方式未免武断而且违背历史的真相。

还有些细节问题也值得商榷，比如：（一）林译作品的总量计算方法，此书正文采用了马泰来的数据，在注释中采用了樽本照雄的估计，但按照这两人的标准，其实都是林纾翻译作品的种类，这和韩嵩文所说的翻译西方文学作品的标准是不一样的。我认为林纾的翻译既然以"林译小说"名世，我们应当统计一个"林译小说"的总数，去除非文学类甚至非小说类的翻译，将已刊作品和未刊作品分开计算，将单篇发表和单行本的数量各自计算，才算是对这笔文学财富的认真清算的起步。（二）书中谓林纾停止他翻译生产活动的时间，是1920年，书后年表则作1921年，第226页有个更准确的说法，谓"林纾在1921年放弃了翻译，实际上1920年以后就不再在报刊上发表只字，仅以画家身份示人"，其实《小说月报》在1920年依然刊载林译小说。从书中看来，韩嵩文的依据，仅是沈雁冰接手《小说月报》即中止刊载林译小说。可随后作者也提到了1923年商务印书馆保守派创办的《小说世界》(其中把胡寄尘和胡怀琛当作二人)"化无用为有用"的思路,刊载沈雁冰所封存的林纾译稿。但这部分一笔带过,更不要说商务印书馆在1921年至1923年所出版的单行本了,这几乎令人怀疑作者是否真的计算过林纾公司在所谓的停产日之后实际又问世了多少译作。(三)书后附录一是"林译小说口译者简介",所用材料与目前国内研究无甚出入(这当以2008年郭杨《林译小说口译者小考》为最新成果)。其中有一处颇为可疑,即口译者中有一位名作乐贤的人(当系本名,见朱羲胄《林氏弟子表》),作者说他是"nephew of Wang Shouchang",那么只能是王寿昌的外甥了,可并未说明依据。而王寿昌之侄王庆骥的简介下,却没有提及他是"nephew of Wang Shouchang"。因此我怀疑这个亲属说明是不小心放错地方了。

过去的林纾研究者,为了表扬传主,往往都会强调他在《巴黎茶花女遗事》、《黑奴吁天录》、《迦茵小传》等译作中传达出的进步思想;对于林纾在民国以后的复古思想和论调,多言而不当:或为之回护,美其名曰"同情理解",或含以讥嘲,壮其词曰"客观评价"。其实,承认和尊重传统,在学习模仿中发挥出个人的文学才能来,能以新眼观旧书,能以旧语立新义,可能是更为良性、更为常态的文学创作路径。从这个意义上来看,"林译小说"作为近代中国文学史上的经典成就,自有其意义,不乏我们今天仍然值得从中汲取经验的地方,不该只是当作一种文学的社会组织模式的历史案例来考察。不过,目前海内外对于"林译小说"的研究，除了日本学者尚且还能沉下心来一部文本一部文本的仔细解读之外，恐怕大多都沾染了浮躁之习，不耐烦将二百余种作品一一看过来。不信的话，请查阅一下近年的那些论文专著，除了读个《茶花女》、《黑奴吁天录》，其他大多都只是引用几部资料集收录的林纾译序而已。当然，这与很多清末民初的书刊不好获取，也有关系吧。但是如今网络电子资源发达，其实不乏扫描本的图片被传到网上，之前不是有本什么"版本经眼录"的书，其实都用的是这些网络图片吗？我们不该截个图就来假装版本家，至少可以翻看一下内容，让自己的研究更充实吧。

当然，"林译小说"的传统，不能仅靠网络扫描数据的支持。我读了大部分的"林译小说"，感觉以往我们对于林纾和他翻译小说的一些看法是片面或偏激的。我以为以当下中文出版事业之繁盛的条件，应当呼吁重新整理出版一个真正全足的"林译小说丛书"。不仅是当年商务印书馆一百年前以此名目组织发行的那一百种，而还应该包括了杂志散见而从未出过单行本的作品以及未刊作品。新近由上海辞书出版社推出的《林纾译著经典》，一套四册，我看了一下书目，与上世纪 80 年代初商务印书馆重刊的那套《林译小说丛书》选目完全相同（听相关人员介绍，此版新的改进在于文字上有所分段）——为什么不仔细经营和计划一下呢，真令人为之可惜。

（《上海书评》2013 年 3 月 24 日）

叶灵凤说风月

很多年之前，因为学习现代文学，看见书店有"创造社小伙计"叶灵凤写的三册《书话》，就找来翻看了一下，觉得好像类似"封面党"一般粗疏的议论，缺少精细阅读的痕迹。近来读福建教育出版社新椠《书淫艳异录》（甲、乙编，共二册），则是他读性学书籍，并像言言斋主人周越然那样写谈论风月的随笔文章。广西师大出版社前有《世界性俗丛谈》一书，即与周越然《言言斋性学札记》并列。而《书淫艳异录》里面的作品皆出自上海、香港 20 世纪三四十年代的报纸，采辑之功自不待言。不过，难得稀见并不代表水平就高明，以今天的眼光看这些尘封的旧文，多为老生常谈，浅尝辄止。

原因是叶灵凤提到的那些书都极有意思，对于类似话题有兴趣的人都读过了，毋庸那么笼统的介绍。其中包括他时而称为"印度秘籍"时而称为"阿拉伯的名著"的《香园》，和《一千零一夜》都是理查德·伯顿的名译，还有霭理斯的七卷本

《性心理学研究》以及 Iwan Bloch 博士的《性学手册》等书。我们一眼就可看出甲编半数以上的文章出自上述最后这两人的著作。而《宗教卖淫》、《职业卖淫》、《秘密卖淫》几篇都是译自 William W. Sanger 的《娼妓史》。《翰林风月》等论"男风"篇，显然受 20 世纪 30 年代中期姚灵犀即开始发表于报端的《思无邪小记》之影响，所引材料尽见于是。

论身具二形，如何可以不对 Hermaphroditism 之名的由来多谈几句呢，古史家西西里的狄奥多儒所著《史籍撮要》里面关于神使赫耳墨斯和爱神阿芙萝狄忒之子 Hermaphroditus 的故事，好读书的作者怎可不知？说"博义半择迦"是佛经里面的名字，看到编辑提供的原刊图影，其实那个"义"是"叉"字的俗写。即"博叉半择迦"（后文《变形记》中引此语即不误），或作"博叉般荼迦"，梵文作 pakṣapaṇḍaka，《一切经音义》谓指半月能男半月不能，那无非是指男子间歇性阳痿；另一处又谓"博叉般荼迦，谓半月作男，半月作女"，又何曾说是上半夜、下半夜呢（似乎是清人笔记才有的说法）。今天我们看到的《大般若经》似乎没有《容斋随笔》里引的那段话，南北朝时代译出的《摩诃僧祇律》和《四分律》里却都只是说半月能男半月不能男。

又比如《笞刑与性欲》中，叶灵凤对于挨鞭子的中西人士如何有性欲的快乐产生，都举出什么合适的例子来（比较勉强的是卢梭《忏悔录》对童年的回忆）。难道他忘记了潘光旦先生译《性心理学》的第四章提到中国古书里的四个例子吗（见第四章译注八十和八十一）？假如他不知道这种英式恶癖（le vice

174

anglais）在 17 世纪后期的英国戏剧中已有先声，是 Thomas Shadwell 的《鉴赏家》（*The Virtuoso*，1676）首创了这种乐趣，也不该忘记霭理斯在《性心理学研究》第二卷里面，提到过不久后剧作家 Thomas Otway 又作《守护威尼斯》（*Venice Preserved*，1682），记一威尼斯议员如何沉迷在情妇的皮鞭戏之下。

我有时很好奇，似乎叶灵凤对于他再三鼓吹的霭理斯有时并不怎么熟悉？《兽奸》一文中云：Iwan Bloch "曾说及中国有人与鹅相交的事，他大约是间接从笔记上得来的"，怎么就不记得单卷本的《性心理学》在此相关一节明明已说 "在中国，据说鹅用得特别多" 了呢。至于《坚瓠续集》中所见《文海披沙》的材料，此处被原报纸编者为免得 "妨害风化" 而删去，其实也是潘光旦早就引过了的。

叶灵凤征引中西野史趣闻，俱当作真实来看，几乎不曾对之加以分辨，未能指出人事不必坐实，仅可由此了解当世风俗。对于西方古史中关于罗马帝王们的荒淫事迹之记载，不知多系后世史家之谤语，全当真对待。又如信从了希腊喜剧家米南达的残篇记述，谓女诗人萨福自杀乃是为了所爱的费翁，今人多认为是不可信的。而他又好在这些笔记中做名物的考据，也可惜不够宏博，今天读来已毫无新鲜感。比如关于 "缅铃" 的考证，不过属于面向完全不读书的市民的趣谈，并不能帮我们对于《金瓶梅》、《醒世姻缘传》等小说出现的这一 "情趣用品" 有个全面的认识。对于《初刻拍案惊奇》、《红楼梦》中 "扒灰" 一语的解释，只用李元复《常谈丛录》以 "污膝" 为 "污媳"

隐语的说法，而不提王有光《吴下谚联》有"偷锡"影射"偷媳"之说，当然亦不知还有王安石以指扒刮墙壁粉灰之说。出自《续玄怪录》的"延州妇人"故事，即关于锁骨菩萨化身的记述，为何不知征引更早的《太平广记》，反而要说是见于明人所辑呢？至于"马郎妇"，起码早有宋人叶廷珪《海录碎事》作为佐证，如何号称本自元人的《佛祖通载》呢。比较钱锺书先生对此"佛典中'以欲止欲'最可笑之例"的议论："其实乃重男贱女之至尽也。盖视女人身为男子行欲而设：故女而守贞，反负色债，女而纵淫，便有舍身捐躯诸功德"，我们更看出《女娲氏之遗孽》作者读书的趣味、智力都实在是浅薄得很。

　　叶灵凤的风月书话，学不深、思不切，常令人有隔靴搔痒之憾。更何况还有因原本时代局限而出现的空格与删略，这就更令人气闷。整理者忠实于原貌是值得称颂的，但有些文字上的错误，理应予以校正。比如"甲编"一册，第 12 页对"彭贝式"的英文原名补注写错了。第 29 页的半阴阳人，学名应作 Hermaphroditism，中无空格。第 70 页，"磨境"系"磨镜"之误。第 90 页萨德侯爵的姓名，第 95 页《一个萨地主义者》作者的译名与所附原名完全对不上。第 139 页拼错了波爱斯孟医生的法文姓名。第 204 页 coitus aralis 乃是 coitus analis 之误。第 234 页，把给 Aretino 的性爱技巧二十六式作画的 Giulio Romano 拼成了 Giwlio Komano。

（作于 2013 年 3 月 17 日）

翻译家的豪杰本领

在明治维新时代的日本，有不少翻译家喜欢随着自己心意来译外国书，称作"豪杰译"。豪杰也者，自然不必拘于小节，能给呈现一个大体就足够了。于是文句不太通顺，没关系，不妨挟泥沙以俱下；知识不太齐备，也没关系，反正都是枝叶上的小问题；此外，译者时不时还有自己的发挥，别人看来是喧宾夺主，他自己倒是觉得点铁成金了呢。唯此缘故，当年梁启超再以其人之道还治其人之身的方式翻译德富苏峰的文章，在苏峰看来，竟然还佩服得不得了。

席代岳先生所译的几部书，都可看作是"豪杰译"古风的延续。他前几年译出了罗马帝国时代希腊文著作家普鲁塔克之千秋名著《希腊罗马名人传》，2009 年由吉林出版集团出版三卷简体字本。我大略翻看之后，以为从前就吉本《罗马帝国衰亡史》所提出的类似翻译问题，在这部书里面没有得到任何解决。不想重复同样的意见，故而置之不论。2012 年，安徽人民出版社推出了经由席先生本人重行修订并恢复旧译名的九册本，改题作《希腊罗马英豪列传》，编者在书前的"再版前言"中说：上个版本（吉林本）引进以来，"泽被学界已久"，而修订是出于"译名统一"的考虑；"囿于各种条件限制，我们尚无法以希腊原文校订席译，而席代岳先生译笔之优美雄浑，实无愧于普鲁塔克的盖世杰作"，"故而除了明显的舛误，我们对席先生的行文皆保持原貌，不做加工更改"。由此可知，书中再有学术上的问题，都是没有从希腊原文校订的缘故；再有文词上的问题，则都是席先生的雄浑美文之个性的体现了。这些说法太挑衅我们的沉默了，因此不能不说点儿什么。

席先生"译序"说自己参考了四个本子，即 Dryden 英译本（Clough 氏 1864 年订正本）、娄卜丛书的 Perrin 校译本、Langhorne 兄弟的详注本和牛津大学晚近出版的 Waterfield 节译本。他批评娄卜丛书本"应有的注释全付阙如"，自称"为了便于国人的阅读，必须在注释方面下很大的功夫，才能满足个人要求的标准"。这句话我虽然没怎么看懂，但连搞了几十年普鲁塔克著作研究和翻译的 Perrin 都不在话下，想必是有极为"高大上"的追求。译者自我表彰说他的四千多条注释主要来源是网络搜索和美国图书馆查来的资料，有占总数三分之二的注释涉及考证、评叙、解释等，但我查看了一下，那些联系当下生活和泛泛中西比较的注释除外，有学术含量的，都是译自 Langhorne 兄弟 19 世纪的脚注，并且席先生不拘小节，原本征引文献都有具体章节序号，在此即一概略去。

席先生是儒将，涉及军事史的问题，他总是津津道来，不厌其详。但普鲁塔克这书不能算是以排兵布阵为主的兵书。一出现其他的内容，译文就变得混乱费解了。语句之颠倒粗劣，韵文之荒陋酸腐，姑且不谈，手边有书的读者随处可找到这样的例子。我就捡出那些翻看之后觉得最夸张的错误，间或结合其"不懈努力"的译注来说说吧。从这九册书中抽样，为求一个相对可靠，我会在每册挑出一、两例作为代表。

第一篇"忒修斯"（I，第20页）：书中神名多用罗马神话中的名称译出，如维纳斯，全书至少加了三个注告诉我们米涅瓦即雅典娜。译者自欺欺人，注云"本书虽然用希腊文撰写，为了迁就罗马读者，所以神祇都用罗马名字"。我们去查看普鲁塔克原文，本即写作阿佛罗蒂忒而并非维纳斯，宙斯而并非朱庇特（第18页），赫耳墨斯而并非墨丘利（第15、32页），德墨忒耳而非西瑞斯、珀耳西芬尼而非普罗塞尼（VIII，第203页）。中译本每处用了罗马神名，再加注告诉我们其实希腊神名是什么，真是多此一举。

第二篇"莱库古"（I，第111页）：涉及某王品尝斯巴达肉汤的掌故，注云："这个故事是叙拉古的狄奥尼修斯所说，记载在《斯巴达嘉言录》。"此 Dionysius of Syracuse 即某王之名号，这个故事非他所说，而是说的他本人。《斯巴达嘉言录》指的是普鲁塔克《道德论丛》中的一篇（*Apophthegmata Laconica*），但这个故事并不见此篇，而在另外一篇《斯巴达制度》（*Instituta Laconica*）中，因为下文又涉及一故事出自《嘉言录》，译者查英文译注看顺了眼，当成同一篇了。

第五篇"伯里克利"（II，第 98 页）：谓伯里克利天生异秉，头颅偏大，雅典诗人称作 Schinocrephalos，译作"红葱头"是不对的，σκίλλα 应是地中海沿岸常见的海葱（Drimia maritima）。这倒也罢了，滑稽的是接下来几段喜剧诗人就此发挥的描述，其中 Telecleides 一节，查原文，本是说伯里克利患头疼病，如"摆开十一张卧席的餐室发生了动乱"，席先生认定这伟人必是为国忧心，遂译作"他当时因政治问题无法解决，坐困愁城"，译诗全不见那个比喻，反而敷演为一段不知所云的打油诗："大头大头，如许愁悲，镇日昏沉，无以解忧。想后思前，难以周全，孤注一掷，全国骚然。"又译 Eupolis 喜剧中的诗句，原文不过一句，大意仅谓"且看这颗著名的头颅"而已，译者在此又发扬他弃原文而另作的本事，变成一首七言歪诗："众人之辞多自夸，千言万语一句话；世间唯尊九头鸟，地狱里面你最大。"

第六篇"马修斯·科里奥兰努斯"（II，第 248 页）：言及古希腊人的名号，提及埃及国王托勒密九世（或称之为八世，即"救世者"二世）的绰号 Lathyrus，译作"鹰嘴豆"（不如作"野豌豆"），注文说"意为'无足轻重的窝囊废'，这是他先后与他的姊妹克丽奥佩特拉三世和四世共同统治的关系"。记其在位时间也有讹误，兹且不谈，此注似认为这个国王与他姊妹共享王位便觉得他没出息，显然不知托勒密王朝向有姊弟兄妹结为夫妻共同统治的传统。并且克丽奥佩特拉三世绝非此人的姊妹，而是其母。故前期为母子共治，后期则是他独揽王权，不过屡次被其弟托勒密十世所打断。至于克丽奥佩特拉四世，其实也没有得到与其兄长兼丈夫的托勒密九世平起平坐，她很早就被其母后废除了后位，续之以一位更年幼的妹妹。因此"野豌豆"的来历绝非出此臆说，甚至后世史家反而以为其人在家族政治倾轧的混战中几十年屹立不倒，乃是托勒密朝诸王少见的典范。

第七篇"泰摩利昂"（III，第 16 页）：西西里人民奉祀"亚德拉努斯"（Adranus），注谓"这位神祇从他的纹章和旗帜看来，就是后来经常提到的战神玛尔斯；他的庙宇用很多条猛犬来守卫"。这番考证令人瞠目结舌，须知 Mars 在罗马神话体系中，诞生于色雷斯海域，这和西西里一东一西，相距甚远。又早在上古先民传说中是罗马开国君主罗慕卢斯兄弟之父，更不知与此处小城有何关系。西人言此神名当与波斯之神火（Atar）有些关系，因其地毗邻埃特纳火山，故与罗马之火神武尔坎（Vulcan）也有渊源。至于古物所见铜币有持矛牵犬之相，确与战神相似，故学者以为是古时雇佣兵（Mamertines）的一种崇拜，并无人判断"就是"玛尔斯。

第八篇"马塞拉斯"（III，第 161 页）：普鲁塔克引述了欧里庇得斯形容赫拉克勒斯的两句流传甚广的诗，大意谓其素朴忠善，行事恶矫饰，言语少冗琐。结果"豪杰"译出来，变成了"其质若璞兮浑金，天将降大任于斯人"，前句过于概括，后句完全是译者添补出来的内容。

第十篇"菲洛佩门"（IV，第 21 页）：译文中出现了"达科尼亚"（Daconia），注云"原书为 Daconia，应为 Laconia 之误"，查希腊原文及校本，从无这个问题。这分明是 John Dryden 译本的手民之误，算哪门子"原书"。译者故弄玄虚，引为自己的校勘之功，实在可笑极了。

同篇"弗拉米尼努斯"（IV，第 29 页）：关于传主的家族名（cognomen），席先生又加以"考证"，加注说："在译者手上的四个版本中，有三个版本用的名字是弗拉米尼努斯（Flamininus），只有一个版本用弗拉米纽斯（Flaminius），要是照着普鲁塔克的原文，应该是 Flaminius。"且不必计较用译本当"版本"进行校勘有多可笑，也不必多言那独特而令其生疑的"一个版本"就是 Dryden 错讹很多的译本，单说席先生这里搬出来希腊原文了。他不明白希腊文的字母 v 就是拉丁字母 n，反而看成了 u，遂在此盲人指路，拿给不明就里的"国人"去看了，恐怕是贻误不浅。

第十四篇"克拉苏"（V，第 181 页）：提到欧里庇得斯的悲剧《酒神的伴侣》（*Bacchae*），将题目译作《巴奇》，敢情罗念生、周作人、张竹明这些先生都是白费功夫了（后文倒是改了，作《酒神的侍女》，见 VII，第 189 页注 1）。这倒也罢了。此处译者按照惯例，为蒙昧的"国人"解惑，在注中介绍欧里庇得斯，说他"平生事迹鲜为人知，写出 92 部剧本，其中 82 部仅留剧名，存世的悲剧有 10 出"，我们且不明白欧里庇得斯生平怎么就"鲜为人知"了，也不知道这"出"和"部"是不是有区别，关键是这里不该过于信赖自己的加减法。根据希腊化时代亚历山大里亚学者所称，欧里庇得斯可能的确写了九十二部剧，而且也的确有八十一部（包括可争议的）有题目可传，但并不是说，这八十一部全都"仅留剧名"，这其中有残篇或零星线索存世的有六十三部（可以新刊 Loeb 版欧里庇得斯残篇集的两大厚册为证），而完整传世的，有十八部（或者加上有争议的 *Rhesus*，算是十九部）。即使去掉《圆目巨人》（不属于悲剧），"存世的悲剧"至少也该有十七部。这根本不只是个数字的问题，任谁对于欧里庇得斯有所了解的话，都不会出这个丑。

第十六篇"亚杰西劳斯"（VI，第 2 页）：大诗人西蒙尼德（Simonides）对斯巴达人的称呼 δαμασίμβϱοτος，意思本是"杀人的"、"征服人的"，席先生所信赖的那几个英译本，或作"man-subduing"，或作"the tamer of men"，均与希腊文原义无甚出入。可"豪杰"译来，这个威风的绰号居然变成了"听话乖宝宝"！我读到这里，实在惊诧莫名。

第十八篇"小加图"（VII，第 45 页）：有一句"举凡禀赋很高的人对事物很快了然于心，那些素质普通的人非要下一番苦工夫克服困难才行"，译注云："这里引用亚里斯多德的说法，可以参阅 *De Mere* 第 1 卷有关的章节"，译者求助于娄卜本。Perrin 说见于"*De Mem.*, i. 1, 2, 24"，他老先生没有预料到会有完全看不懂亚翁著作题名缩写的人要来借用他的指示，未将其还原成"*De memoria et reminiscentia*"的全称，遂能传抄成不知所云的这么个东西。席先生也没想到这《论记忆》其实是短短的一篇，前面那个 i 是上章的意思，绝对不至于兴师动众到 1 卷。

第二十篇"德谟斯提尼"（VII，第 257 页）：将 Dryden 英文中的 Jupiter Soter 译作"'持杖者朱庇特'"，我们且不管他再次用罗马神名、完全不知道希腊原文就是宙斯这件事。其实娄卜本译作"Zeus the Saviour"，是很清楚的，soter 或 σωτήρ 就是"救星"之类的意思，而且他在别处已经译过"'救世主'朱庇特"（IX，第 53 页）了。古典神祇的附加名号，本来也是有讲究的，当然不能凭空乱用。就我浅陋的所见，虽有此形象（长柄权杖象征放牧世间众生），但似乎没有什么地方使用过"持杖者"这个称号。

第二十一篇"德米特里"（VIII，第 15 页）："菲利庇德（Phidippides）是斯特拉托克利的政敌，有鉴于这些征候的出现，他像一个喜剧作家用下面的诗句，对于敌手进行毫不留情的攻击。"席先生经常对于长句的翻译处理得文法割裂，这句话本来是说这个 Phidippides 写了一部喜剧，用诗句攻击他的敌手。席先生给这一句加了两个注，第一个注谓 Phidippides "是新喜剧的代表人物"，既知如此，为何又说他"像"一个喜剧作家？第二个注是针对"下面的诗句"，说"这几句诗文来自柯克（Kock）搜集和编纂的《阿提卡戏剧残本》第 3 卷"，且不管 Theodor Kock 编纂的 *Comicorum Atticorum Fragmenta* 应该译作《阿提卡喜剧残篇集》（是"喜剧"不是"戏剧"），有点儿常识的人都该知道，后世学者的残篇集是从古典遗献中辑录汇编而成的书。娄卜本的译注提及此处，只说是"参考"（cf.），可并没有说普鲁塔克的引文之出处在一千多年后的书里面啊。下文同样情况，也犯了同样的错误（同册第29、39、52页等）。

第二十三篇"伽尔巴"（IX，第92页）："他们逼着指挥官一个跟着一个冒头去夺取，结果就像'打进木头的钉子逐一遭到拔除'"，我对照原文和中译文看，差别在于，前者说的是士兵强拥其将领称帝，结果是先上位的被后来又另立的打倒，好似一颗钉子被又一颗钉子打出来一样。席先生的译文体现不出这种"前后倾轧"的特征，显得好像这钉子之间互相没有关系一样。注云："这是希腊人常用的谚语"，来自于娄卜本的注释，但原文并未直接引用这个谚语，而是采用借喻的手法，Perrin先生才引了那句谚语，说这里暗用（an allusion to）此典。而且，原本那个谚语的字面意思，就是"以钉拔钉"而已，没有木头这些内容。

够了，我列出这些缤纷多样的笑料，并非翻烂这部书才找得出的瑕疵。这是以一当百的举例，如果不信，大家可去自行查检。譬如说古代斯巴达的"公共食堂"有"大锅饭"，只留下几句残篇的著作家在注释中被介绍成"论述精湛"，把梭伦的诗句译作"遄逃离家老大回，乡音已改鬓毛斑"，把荷马的船名表译作点将录，把游览志家（topographer）译作宇宙学家，将埃米里乌斯·保卢斯关于排兵布阵与置办宴席同理的名言硬要改成"治大国如烹小鲜"，谓《伊利亚特》有"休战与决斗"一章，涉及同性恋现象加脚注议论"宋明不如汉唐"，又一处将荷马的诗句译成"打虎最好亲兄弟，上阵还得父子兵"，罗马将领口中居然会说"死有重于泰山"这样的话，称 Sotion of Alexandria 是"杂文作者"，阿里斯托芬的 *Lysistrata*（原题误写作 Lysistrala）被当成悲剧……那样一目了然、无须辨证的"槽点"，可就多了去了。至于 Theodor Bergk 大名鼎鼎的《希腊抒情诗人集》（*Poetae Lyrici Graeci*）被译成《希腊诗文选》，August Nauck 的《希腊悲剧残篇集》（*Tragicorum Graecorum Fragmenta*）被译成《希腊诗文断简残篇集》，这类错误虽然不大，但说明译者看不懂英译本注释上的缩写，就靠一个有诗有文的题目进行概括，其实也是非常可笑的。还有介绍普鲁塔克著作，把"注释"（commentaries）译作"评论"，又像译名上不顾长期以来的约定俗成，如把恩培多克勒改译作"伊姆皮多克利"，把居勒尼（Cyrene），译作"塞伦"，这些如同外文词语拼写的错讹，俱属于出版社引进时编辑的疏忽，在此更不必多言。

近些年我非常关注翻译作为学术著述的一种手段，可以发挥出译者的什么才能来。除了要做足考究细节之学问的功夫，译述的汉文最好可以能表现出典重渊雅的风格，但这不是追求什么"假骨董"，把中文里耳熟能详的成语套在西方古圣先哲口中。那种轻熟油滑的拈弄辞章，其实是消泯或掩盖了翻译对象与本土文化经验的差别。往昔玄奘有五种"不翻"之说，其中树立"令人生敬"这一目标，虽言音译，但也可移用于此：轻熟拈弄、粗疏不学本是译者才能的问题，但读者会由此而对原作失去敬意。西方古典时代的大文家普鲁塔克来到中国，可不能等同于什么时下海外文坛的阿猫阿狗或学界内部才会关注的著作之汉译，经典的翻译是影响深远的文化事业。秉此敬意，减少一些翻译上的豪杰气概还是必要的。根据台湾联经公司的预告，席先生的新译作，普鲁塔克的《道德译丛》（台湾繁体字版题为《蒲鲁塔克札记》），马上就要出版了，真是为这部书捏一把汗啊。

补记：整理此文时，席译《道德译丛》已经出版了精装简体字本，随手翻看，真是"满纸荒唐言"，将来有空时再来挑一下此书翻译时制造的各种"笑料"。

（《上海书评》2015 年 4 月 5 日）

读《罗马史研究入门》

　　数年前，北京大学古典学研究中心成立，其中有位兼职人员是欧美名校培养的"根正苗红"的古典学博士，即这本《罗马史研究入门》的作者刘津瑜。她在 Brill 出版哥伦比亚大学博士论文、研究 1 至 4 世纪罗马帝国下层织造行会组织的《补缀团》（*Collegia Centonariorum*，2009，按学界以往认为此组织是以布席灭火的城市消防组织，此书以为非是。另外可参看 J. S. Perry 在《罗马的行会》[*The Roman Collegia*] 一书第 15 页对当时尚未出版的这部博士论文的评价），主题专精，大抵是从铭文资料入手，借助于考古研究和语源考辨，来研究罗马帝国社会组织的功能与活动。至此中文版《罗马史研究入门》，是把视野扩大，要在一册三百页的汉语印刷物中向中国历史专业和其他相关学科之读者介绍整个罗马史研究的基本内容、难点重点以及种种门径。

　　北大出版社这套"历史学研究入门丛书"由主编陈恒拟定

体例，认为每种"研究入门"都至少应该包括历史概述、原始文献介绍、学术史概述、经典研究的重点研讨、工具书等学术资源、关键词、扩展阅读书目这七个方面。此前所出的《希腊史研究入门》、《拜占庭史研究入门》，都是严格遵从这一体例来写的。这册《罗马史研究入门》也是如此。一方面体现了这几位学术名声大的作者配合程度很高，另一方面也说明这个体例比较理想，便于作者展开手脚发挥所能。因此，我觉得主编之"定调"很有意义。《罗马史研究入门》在此"基调"上的发挥，充分体现了作者自己的研究个性、知识视野和学术趣味。我在对比后感觉，此书与《希腊》、《拜占庭》两册写法上有些不同，在于后两者大体还是专注于传统问题，如政治军事、经济制度等，而前者则在大问题上调用了一些生动、新鲜的研究视角，比如市政、家庭经济、医学、儿童、人物志、行会等话题，比单纯强调重要主题的大部头要显得更有穿透力，更便于阅读者有一个具体细腻的体会。而且作者的工作环境并非历史系，她对罗马文学的爱好显然高于《希腊》、《拜占庭》两册的作者。书中曾揭示作者所认同的几部"文学史"，应当"包括诗歌、小说、戏剧、史作、演说辞、书信、哲学论文、地理志、游记、农业志以及医学著作"（第59页），这类似娄卜古典丛书的编选范围，虽然尽可充作历史学家研究的"史料"，但《入门》提醒我们："古代史学作品首先是文学作品"，"我们用现当代人的撰史标准来要求古代作家显然是犯了时代的错误"。虽然作者随后提醒我们现在西方学者开始反思把史书当成修辞的方法，可是在

189

这部书中，引文学史料来描述历史中的印象、感觉、愿望、情感、心绪及其他感性认识时（而不是用以说明实物或制度），往往即依靠的是语文学的阅读能力和文学的体悟经验。

作者在"推荐阅读书目"部分用了很大篇幅，其中外文书籍细分为三十三个主题，即使极少数文献在几个专题下重复出现，而总体数量上仍是非常可观，以专著为主，有少许重要论文。文献出版时间跨度主要集中在 1950 年至今。有些专题多使用近年新著，有些则兼顾早先确立基本范式的经典，不时有比较早问世的书籍，如"史料批判、史学史"一题下关于塔西佗的研究，作者推荐给我们的是 1958 年牛津 Clarendon 出版的 Ronald Syme 所著两卷本《塔西佗》（*Tacitus*），同位作者 1939 年出版的成名作《罗马的革命》（*The Roman Revolution*）一书，也出现在"共和时期"专题下（此书近年有牛津重刊本）；又如"人物传记"一题下，关于罗马皇帝的个人传记，作者列举了一批 Routledge 出版社的罗马皇帝传记丛书，但唯独提比略帝，却忽略了那套丛书也有新著，而是推荐 1972 年出版的 Robin Seager 所写的一本：这些取舍都值得重视。偶而还有比较生僻不易寻见的学界致敬论文集，也会被采入其中。另外，书目还提到了 2014 年早些时候的新著，比如 David Potter《古代罗马》的第二版，以及两位学者编纂的《古代罗马史料集》，等等，显示出作者本人不断更新的知识体系和阅读视野。稍微美中不足的是，少数文献的修订版和完整程度似未能更新（但这也许含有作者采选上的用心），比如 Robin Seager 的那部《提比略帝传》有 2005 年的第二版；Pocock 规模宏大的《蛮族文化与宗教》（*Barbarism and Religion*），标注出版年代为 1999—2005，实际上 2005 年才出到第 4 卷，2010 年已经有第 5 卷了。至于《写工与学人》的第四版、《剑桥罗马共和国研究指南》的第二版、Stephen Mitchell 的《晚期罗马帝国史》的第二版，都是今年新近才出版的，晚于此书完稿之日，就并非作者失察了。

我在书目中发现了几部特别有意思的书，比如 1981 年康奈尔大学出版的《罗马共和国的节庆与仪典》（*Festivals and Ceremonies of the Roman Republic*），作者 H. H. Scullard 在主干部分编写了一部"罗马岁时记"，按月逐日记录共和国时期罗马的节庆风俗，较乎早先的类似研究（如 Warde Fowler 在 1899 年出版的 *The Roman Festivals of the Period of the Republic*）更为完备详赡，而维基百科英文版的"Roman festivals"这一词条，实际上都是参考此书所作的一个简述。又比如通史专题下有一部 J. B. Campbell 的《罗马人与他们的世界》（*The Romans and Their World*，2011），性文化专题下有一部 Thomas A. J. McGinn 所著《罗马世界的声色经济》（*The Economy of Prostitution in the Roman World*，2004），也都是此前未曾注意过的，现在粗略翻看之后都觉得非常有趣，遂在此野人献曝，重新推荐一下。若论按图索骥的功劳，自然要感谢这个煞费心思的书目。

入门书不是粗浅的 ABC 通览，而是一种指示用功门径的"最低限度"清单，其中指示重点问题、参考书和必读书，理应择要介绍，在一定程度上起到使初学者知晓此领域之天高地厚的作用，但如何演示其中的领域深广而又不至于使人望而却步，真是非常不易做到的。我以业余爱好者的身份读完此书，居然有种去查找阅读相关所有书籍的冲动和可以冒充半个专家的虚幻满足感。前面提过的那几本《入门》，我读后感到的更多是畏难和寡趣。由此说来，至少在我眼中，此书是这套丛书里目前最为成功的一部。

（《南方都市报·阅读周刊》2014 年 9 月 21 日）

脚注的风度

　　中译本《脚注趣史》是部很有意思的书，它在网络上被讨论了很久而晚近才以惊人的高效被译出来，它研究的是脚注（footnotes, les notes en bas de page）本身却使用了尾注（endnotes）附于每章末尾，尽管出现了很多学者的精彩书评但每个人都谦虚地仅就其中某部分内容加以阐发。对我这历史学的门外汉来说，脚注的出现与发展对于史学思想的演化有何关系，简直是不敢置评的，在此只想谈一点儿和本人读书有关系的感想。

　　此书作者说："史学的脚注和传统的注疏在形式上类似。"这里所谓"形式"，应该就是指所谓注文置于同一页这个特点。我们去看中世纪留存下来的古籍手稿，比如 10 世纪的威尼斯《伊利亚特》会注残卷 A 本（见附图），正文会以大字誊抄在纸页的正中一侧，各家注疏文字则以略小的字体写在另一侧及上下部分。虽然也发生过注文被当成正文编入的情况，但这种意识还是要做一个区分，且使正文的顺序、规模和阅读进程都不

附图

受干扰。段玉裁判断最初的注、疏都是单行另外成书的，后来的中国学者则喜欢夹注旁批，手写时可能也是写在页边的，经注合刊时就变成行间注，意义似乎在于使得注疏紧跟正文，但这样会妨碍阅读白文的进程。我想可能因为西方人很晚用印刷术印书，手抄传承书籍的习惯坚持了很久，这反而培养出一种管理有序、区分鲜明的方法来。过去的汉籍中相当于脚注的是作者自注，或以"按"或"案"来标识。西学东渐，我们在这"形式"上也学了人家，注疏和脚注都变得与正文脱离了。这"形式"上的变化也反映了"内涵"上的分别：注紧跟正文，有主观上遵从的态度；注与正文分离则是对于正文保持客观理性的表现。西方古代学术中文献校理也是注疏家常做的事情，他们开始起步就是在怀疑荷马史诗哪句是后人伪造的，哪几句顺序可能颠倒了，或是哪几个字可能写错了。这和强调"注不驳经，疏不破注"是不一样的，疑古态度较晚才在中国学术出现。而严格意义上的脚注的使用，明显是在近代中国才出现的，过去对征引前人文献的含糊和节外发挥的评注混在正文中进行，多少都是学者自我意识不足的表现。可当我们读到《趣史》中说，"只有运用脚注才能让历史学家使他们的文本不是一个人独白，而是由现代学者、他们的先辈以及他们的研究对象一起参与的对话"，又会意识到，漠视脚注也许反而是学者自我意识太强的表现。20 世纪 80 年代的中国，不少青年学者通篇无注或是暗袭而不标注出处的书，在辩护者口中，反成为思想解放、元气淋漓的表现了。

　　爱德华·吉本《罗马帝国衰亡史》的脚注被作者视为史学家

曾有过的高雅典范。书中提及其第一卷初刊时采用的却是尾注，经由大卫·休谟建议，"所有这类对权威著作的引用应该统一印在页边或者页脚处"（评论性的长篇注释不在建议的范围内，作者评论说："或许休谟认为，必须到正文后面去寻找这些讽刺性的评论反而能实实在在地增强它们的冲击力。"），这才把注释的位置做了改动（全改为脚注）。著作家、学问家在脚注节外生枝的评论和考证，除了体现对现实问题的关怀，也是新见解的萌生点、新思想的试验田，这可以减少正文的摇曳芜蔓，而又保证义理上的丰富和实证上的细致。像黑格尔、蒙森，则反对著作中填充庞大脚注，作者评论说，他们"隐匿了在文献方面的雄心，避免了在展示自己所汲取之学识这种费劲的事情上疲于奔命"。在启蒙运动末期，德国思想家和学人的审慎态度，与英国文士对于博学文体的讽刺与消遣，其实都是缘于脚注已经成为流行时尚这一事实。藏书的丰富、档案馆的繁荣，工业化时代产品说明书的详尽，都似乎使得博学丰富的脚注变成容易的流俗之事——更何况如今的数字时代、大数据时代，更将罗列繁复细致的考证根据推进到一个超乎想象的地步。

那么，脚注的趣史如何续写？或者说，思想学术书如何在今天发挥脚注曾有的人文风度？我们恰好可以从追求穷尽材料证据的方向上现在停下脚步，注意一下脚注的论述文体，以及它与正文间在修辞效果上的呼应关系。本书作者在总结部分也说起现代历史学在叙事形式和史料、问题、方法之间寻求融贯的修辞学尝试：这是"类似于佩涅罗珀的编织艺术"。换言之，我们并不追求天衣无缝或者看似无懈可击的学术生产，而是把治学与著述看成是一门艺术创造，这关乎个人心智、品性与情怀，而不是一种制度或形式所可以匡范局限的。最后，作者提到一个美国黑人音乐家年轻时读书在脚注中产生批判意识的事例。"脚注自身什么都不能保证"，学术历史的魅力在于有人去做薪尽火传的事业，脚注应该提供这个帮助，而不是令人望而止步。

（《晶报》2014 年 12 月 7 日）

泛欧洲文学视野中的古典传统影响

　　前两年开始翻阅美国学者吉尔伯特·海厄特（Gilbert Highet）
所作之名著《古典传统：希腊 - 罗马对西方文学的影响》（*The
Classical Tradition: Greek and Roman Influences on Western Lit-
erature*，1949 年初版），没多久后听"后浪"的编辑先生说王晨
要翻译此书，我就决定偷懒先不读原文了。王晨是目前青年一
代翻译西方文史书籍的最佳人选，他此前在豆瓣为拙译《西方
古典学术史》第一卷指出若干古希腊文或拉丁文翻译上的错误，
令我十分钦佩。令人惊喜的是，不过两年时间，这部中译本便
问世了。既然有这么认真、勤奋的译者，这部中译绝对可以成
为读者信赖的文本。

　　有关西方古典文化传统对后世之影响的研究，已有许多
重要的著作。仅在最近五年间，光是与海厄特此书正题同名
的，就有《脚注趣史》作者顾安敦（Anthony Grafton）等人主
编（2010）和麦考尔·希尔克（Michael Silk）等人主编（2014）

的两部。此外还有列入布莱克韦尔古代世界指南的《古代传统指南》（*A Companion to Classical Tradition*，2007）。"顾本"由近五百则词条编排组成，"希尔克本"与《指南》各成系统（前者以题材和修辞风格分章，后者以时、空以及当代各学科主题为线索，不涉及文学）。过去还有以"遗产"（Legacy、Heritage）、"影响"（Influence）为题的专著，近年则多以"接受"（Reception）为题，更强调受影响一方的主体性。尽管如此，海氏以一己之力完成的这部"旧著"，从中古论述到乔伊斯，涉及多种近代语言文学的原典文献，尤其是对很多一般读者不太熟悉的作品加以情节概括和整体评述，故而仍有无法淘汰的价值。2015 年，牛津刊出了重印本，书前附有哈罗德·布鲁姆 2013 年新作的序言，称道此书向他"展现的重要文学传统的整个庞大轮廓"。

不过，即使对我这样只是偏爱阅读一点儿西方经典文学著作的人来说，有些章节的吸引力都多少显得欠缺了。涉及大作家与古典文学之关系的第 4、5 与 10、11 四章，因行文风格和篇幅规模的限定，信息量都不够大，只能点到为止地举些例子加以议论。作者将文艺复兴以后的新拉丁文学著作尽量摒除在他的视野之外，认为那些继续用拉丁文所从事的著述和写作算不得本民族文学，于是在彼特拉克处介绍了他的拉丁文史诗《阿非利加》，但薄伽丘的《异教神谱》便缄口不谈。第 8 章论述古典诗歌影响尤其明显的文艺复兴时期史诗，便先言拉丁文史诗不在考虑范围之内。近年哈佛出版的 I Tatti 文艺复兴丛书中，单是意大利作家以新拉丁文写作的史诗、戏剧和抒情诗便有不少。其他国家诸如 Melanchthon、Jean Sturm、Fanciano Strade、Salmasius、Gilles Ménage、Johannes Secundus、Thomas May 等，都是继续用拉丁文写作的杰出作家。Thomas May 就写过卢坎（Lucan）史诗的续篇，绝对可以放在海厄特所云的"模仿"与"赶超"（后者往往也就是一种"反模仿"的"模仿"）两类。由于资料所限无法做到周全是可以理解的；完全不予考虑，我想从今天看来可能是不对的。有些欧洲国家编写的中古拉丁语辞书，都是从本国文献着手，比如《不列颠文献的中古拉丁语词典》（*Dictionary of Medieval Latin from British Sources*）、《波兰中古及近世拉丁语辞典》（*Lexicon Mediae et Infimae Latinitatis Polonorum*）等俱是。有文学创作、有独立形成的语词，很难说这些新拉丁文文献就与该民族的现代文学渊源关系不大。

第 14 章有关古今之争的话题中，海厄特带有几分嘲讽的口气提及有些人物的言论。比如盲目崇古的威廉·坦普尔爵士，他将伊索寓言和法剌芮斯（Phalaris）书信集当成最优美的两部古代著作，海厄特说此言论主要的价值在于，引起古典学家的反感并向世人论证这两部文献都是伪书。这令我们想起某些国内人士也将伊索寓言当成希腊古老的文学作品来推崇，以致于出了这么多的译本还不罢休。证伪的功劳应当归于当时英国头号古典学者理查·本特利，海厄特却又不满他心高气傲，把弥尔顿史诗名篇《失乐园》改得面目全非，"把自己时代的标准和自己贫乏的想象力套到了弥尔顿的诗歌上"，又说这些"自负的教授们"，"他们相信，虽然那位诗人看不见，自己的视力却很好"。正是本特利对《失乐园》"焚琴煮鹤"式的批改，才引起诗人蒲伯的反感，在《愚人志》（1742 年）中对之出言不逊。海厄特此处失察，居然说是因为蒲伯先有此诗，而后本特利"作为回应"（put this down）才批评了其《伊利亚特》"与荷马无关"。本特利自己晚年曾被人问及蒲伯攻讦他的原因，谓"我非议其'荷马'，遂为自负小子所衔恨"，那句话乃是《伊利亚特》英译本才问世（1720 年）后不久便有的。颠倒了次序，显得这位学问宗师倒是小家子气了（参看 James Henry Monk 所著《理查·本特利传》，卷下第 372 页）。

我在此番阅读中最感获益的，是有关巴洛克文学的几章。"今天，巴洛克艺术和文学留给我们的印象是程式化、对称和僵化。巴洛克时代的人们看到的则是热烈的激情同坚定、冷静的控制之间的张力。"（中译本第 242 页）巴洛克作家在诗文写作中所讲求的对仗堆砌，来源于古希腊罗马文学，经历这个时期刻意追求技巧的经营设计，为现代诗文的自由写作提供了"天然的工具"。由此而言，我们过去对巴洛克文学的雕饰堆砌了解得实在是太少了，唯写作《读〈国朝常州骈体文录〉》的吴兴华与读书笔记中涉猎大批巴洛克作家的钱锺书能够被海厄特引为知己吧。本书作者在末章结语中，提及令他神往的某些深具古典传统之魅力的近代作品，"比如西班牙人贡戈拉天马行空的抒情诗，意大利巴洛克诗人马里尼著名但被人遗忘的《阿多尼斯》"，正是钱、吴二氏所重者。如此说来，有清一代曾复兴起来的骈俪文学，或许本该也是能对于汉语文学的现代化具有贡献的一种尝试，而并非与新文学背道而驰的"选学妖孽"或是"中国语文的蛮夷化"。

中国人民大学的"洋教头"雷立柏先生在此书的序言中最后有个说法，虽然不是很精确，但是比较有趣。他认为海厄特此书如同《欧洲文学与拉丁中古》一样，都突出了欧洲文化的共性。我看如果是说欧洲文学具有共同渊源的话，这个共性倒也很容易理解。更重要的是，由共同的渊源，发展出个性差异颇大的不同近代民族文学，且互相又有较量、影响和补充，这才显得丰富和繁盛。因此，此书倒不在于突出了共性，而是从泛欧洲的视野中纵横捭阖，出入于多种语言之间。这是《古典传统》一书令人着迷之处。

开篇已言此中文版的翻译绝对是可以信赖的，偶有几处疏忽造成的一名多译现象。古罗马讽刺作品 Satyricon，先后被译作了"萨蒂利卡"与"萨梯里孔"；特洛伊系列小史诗家的残篇作品 Aethiopis 被译作《厄提俄皮斯》，Heliodorus 的同主题传奇，则被译作《埃塞俄比亚记》。我以为中世纪骑士传奇 Amadis de Gaula 应该还是译作《高卢的阿马迪斯》较好，至于英人以为其人有本土血统，改称作威尔士的阿马迪斯，倒是不必就此而改其名号的本义。为路易十四之子"大王储"（Le Grand Dauphin，即 Louis de France）准备的那套经典丛书，似乎不该译作"王太子系列"。法语中 Dauphin 一词兼指海豚与王位继承人，可丛书原本每册都附了一页"阿里翁与海豚"的版画，当有取譬之意，故而我建议还是译作"海豚丛书"较好。译者的语言灵活生动，不过偶尔出现类如"掐架"、"叫板"之类字眼，略令人觉得刺目。抛开这些不谈，这部中译本值得向喜爱西方文学之传统的读者们大力推荐。

罗念生的终生事业

后来，罗念生在很多场合下追忆自己是如何将翻译古希腊文学树为终生事业的，提到过某部书籍，某堂课程，某个留学的机会，等等。我们发现他在生命中头三十年间曾有过许多其他的理想，比如十八岁入清华时还一心投入在数学和自然科学上，看到被学校开除的学长朱湘在校园中孤傲独行而心生钦佩，遂改学文学，主攻英国文学，因为翻译稿费高而开始译介外国文学作品，自命浪漫派诗人，写十四行诗，留美后也是进入英国文学系……甚至到他二十九岁学了古希腊文并翻译出版了一部古希腊悲剧后，罗念生还热情地参加着西北地区的考古工作。原本那么多的爱好，后来怎么就认准了最为辛苦艰难的一个方向呢？

本来要翻译古希腊戏剧的，是他的好友朱湘。"忆诗人朱湘"那篇文章说，这位好友从芝加哥大学归国后翻译了多部古希腊悲剧，交给当时要办古希腊文学专号的《小说月报》，"因故未出，译剧也不知所终"。他还曾提到过陈国桦、卢剑波的多部古希腊悲剧译本，也未能出版而不知下落。罗念生又计划翻译亚里士多德《诗学》一书，深知此书深奥晦涩，得到了朱光潜、杨绛、钱锺书三位的帮助。钱锺书著作及手稿中光涉及《诗学》的英法译本就多达七八种；"杨绛生平与创作大事记"中说，1956年她在夫君帮助下根据几种英译本译出了《诗学》，"我将此稿提供罗念生参考"，"为罗遗失"。同样一生钟情古希腊文学的师长周作人，曾在抗战爆发之初鼓励罗念生翻译振奋民心的欧里庇得斯悲剧《特洛亚妇女》，但初版的译序中却隐去了这位"老人"的名字，50年代后期他们合作翻译欧里庇得斯、阿里斯托芬，又分别翻译《伊索寓言》和"琉善"或"路吉阿诺斯"，歧见更多，罗念生称周作人为"职业译者"，意思是嫌这位无其他社会自足手段的"老人"在翻译中加的注释太多了。缪灵珠许诺翻译埃斯库罗斯，却迟迟未见完稿；杨宪益译得了阿里斯托芬，可是却忙于其他事务；李健吾翻译的么，太通俗；叶君健竟然敢于翻译号称最难懂的《阿伽门农》；至于什么石璞、赵家璧，就更不必多言了。由此看来，在命运多舛的人世间想要最终完成一番独一无二的事业，个人才性学养固然至关重要，然而也需要时运眷顾，使他可以吸收一切条件成就自己。虽然傅怒庵在给香港友人的信中对罗念生的翻译颇有非议，然而从长时段来看，罗在西方古典文学进入中国的过程中起到了非常伟大的意义，这种意义足以使我们忽视具体人事瓜葛上的是非。比较西方欧美各国，试问哪个国家在引介西方古典学之初，曾由同一个人从原文译出了荷马两部史诗、四大戏剧家的部分作品，以及亚里士多德《诗学》、《修辞学》、琉善对话录和其他若干诗文，而且同时还编写了第一部本国语言的古希腊文词典？这是非常罕见的。罗念生简直就是莱奥纳多·布鲁尼（Leonardo Bruni，1369—1444）、雅克·阿米约（Jacques Amyot，1513—1593）、菲勒蒙·霍兰（Philemon Holland，1552—1637）以及亨利·艾蒂安（Henri Estienne，1528-31—1598）的中国版合体。

2004年，上海人民出版社所在的"世纪出版集团"出过一套十卷本软皮《罗念生全集》；2007年又出版一册"补卷"，添加了包括多部悲剧译作在内的众多遗稿；2016年，上海人民出版社又推出了进一步增订的硬皮精装"典藏版"。这套"新《全集》"的主要特色在于：

第一，纠正了旧《全集》第三卷题目"欧里庇得斯悲剧六种"的错误，新《全集》第四卷改题为"欧里庇得斯悲剧五种"，即将原来最后一种"安德洛玛克"删去。此篇是罗念生早年节译《特洛亚妇女》中的台词片段，既然已经收录了全译本，便不能将此另外算作一种（旧《全集》编者误以为是欧里庇得斯另一部同名作品）。此篇如今置于第九卷的"散论"中。

第二，根据此书责编马晓玲女士介绍，第二至五卷中保存的古希腊戏剧译注，这次根据早期刊本而酌情加以增补。我们知道1949年以前罗念生翻译古希腊戏剧时的注释远比50年代以后的修订本要多得多。我曾大体比较了一下新旧罗译本的变化，可知情况是这样的：

《波斯人》，未修订。

《普罗密修斯》，1961 年《普罗米修斯》。全面修订。前后两版的底本说明，后者多了一部娄卜古典丛书本。神祇由其司职译名改成音译名（如"火神"改成赫淮斯托斯，"天帝"改成宙斯）。文字加工居多，注解未增多。

《窝狄浦斯王》，1961 年《俄狄浦斯王》。全面修订。未多其他参考文献。注解减去 360 多个，剩 100 多个。

（欧里庇得斯四剧，1957—1958 年《欧里庇得斯悲剧集》，都有所修订）

《阿尔刻提斯》，底本用了同一书的新版（1880—1926）。多参考一种 Hadley 编订本的注解（1896）。注解由 325 个减至 157 个。

《美狄亚》，底本多参考了三书注解。注解由 492 个减至 178 个。

《特罗亚妇女》，未增加参考书。注解由 398 个减至 172 个。

《依斐格纳亚》，增加两种参考书，其一是 1952 年牛津版 Platnauer 编订本。注解由 249 个减至 190 个。

《云》，1954 年《阿里斯托芬喜剧集》，修订。参考书未增加。注解由 586 个减至 183 个。

我们从罗念生的文章中可知他追求思想进步，可能是觉得注释太多，会损害群众基础，或者如他说的，"斗争性不强"。并非是注释本身不利于对原作的深度理解。因此早期刊本是很有学术价值和参考意义的。

第三，添补许多新见之佚文与信件。这些内容收入于第九卷的"散论"和第十卷的"散篇"、"书信"中。旧《全集》的"散论"、"散篇"中，也有些文章被集中增补到更合适的类目之下，比如新本第十卷的"关于朱湘"部分即是。新收入的内容中，有罗念生在20世纪30年代与朱光潜、林庚等人论新诗节奏的多篇文章，有他的新诗创作，还有一些讨论古典学研究术语译法的札记；增补的书信都是与学人的通信，较为可观。但这仍有可以补充的，比如有"从事古希腊语翻译札记"一文，见于1993年12月出版的《内江文史资料选辑》第10辑第39—46页，虽然很多内容都见于那篇"翻译的辛苦"中，但对叶君健译《阿伽门农》的批评就是只见于此文的。

第四，原本第十卷中的年谱及他人纪念文章置于别册，薄薄的平装小本，字小行密，题作"高贵的单纯，静穆的伟大——纪念罗念生先生"。这节省了《全集》已足够伟大的篇幅，令学人读之更生好感。

将译作放入影响大的文化人物之《全集》中，是认同翻译为著述、为学问、为思想结晶的一种观念。新近这几年出版的《杨绛全集》、《杨周翰作品集》、《王佐良全集》等，均是如此。这当然反映出了现代学术著述在文体上的广泛性和多元化。罗念生的全集，翻译在前，占了绝大部分篇幅；论著置后，多是普及性的文章，且重复内容太多，惟一精彩的是文中所举出的个别具体语文学例子。这并不意味着他的学术地位就不高了，我们不能拿学校评职称那套标准来看学术文化发展中个体的终生事业之价值。

于是突然想到，辞书编纂的训诂功夫，当然也是学术著述的一种表现。至少对于罗念生而言，他晚年与水建馥合编的《古希腊语汉语词典》，作为目前汉语辞书学界独一无二的贡献，很多内容也是沾溉学林的精神成果。——也许，还会有更全更精良的《罗念生全集》，在未来等着我们呢。

《南方都市报·阅读周刊》2016 年 6 月 26 日

王风的风度

　　我在北大中文系现代文学专业读书时，接触到了师长中最年轻的王风。很快就觉得他颇有魏晋名士任情自然的风度。比如生活中时常抽烟饮酒，喜欢吃油腻的食物，起居反常，不好运动，这些并不健康的生活习惯令每个关心他的人都有些想要劝谏的意思，可他依旧故我地颓然自放。我没有劝谏的想法，反而觉得他处在一种"苔焉似丧其耦"的境界，有点儿"近乎道"的深沉与玄妙，与从前见过的在醉眼陶然中愤世嫉俗的某几位鲁迅专家们比较，自然是独特得很。后来，我发现他用了十几年精力编校《废名集》，这又令许多人免不了像"金心异"对壮年时代躲在家中钞古碑的鲁迅那样，产生了"有什么用"的疑问。我不好意思对师长讨论这个"废公"是否值得这么耽误时间，只觉得这种琐细工作与名士风度太不谐调，好似"七不堪"的嵇康去做了财务核账的差事一样。尤其是六大册文集的校勘，似乎极力避免使用"理校"，非不以 Conjecture 为高明，倒好像是摆明了与"不异人意"的思想趣味之认同保持距离，这真是富于自省精神啊。

不过废名在现代文学史上算是个异数：一方面，从未成为关注的热门作家，形成追捧的风气；另一方面，却又并非任谁都研究得了的。其佛学观念虽然未必进入得了哲学研究者的法眼，但混合在独特的白话文学表达方式中，可以说是首屈一指、别无分号的文体家。当然，文献的搜寻、核录、校订事业，不见得与文学批评和思想分析搭得上。因此，究竟"有什么用"，我到底也不能替王风说出。只记得第一次在他家楼下陪他喝酒，在座还有季剑青，我们请教他做学问的意义是什么。王风扬起微红的脸庞，略带神秘而又十分快乐地反复说："这关乎世道人心，这关乎世道人心。"那么说来，不计成本地完成一个现代文学家的作品"全集"，其中深深地体现着一种道德感。西塞罗曾说，一部理想的学术成果，应该是对公众有好处，而又能使自己具有新意（《布鲁图斯》，第14—15节），这两点往往是持之有恒的动力来源。又如神户大学的滨田麻矢评论说，《废名集》中处处体现"原本尊重主义"的"现代文献学"，就是艾柯所谓"像现代文本一样读古典，像古典一样读现代文本"，"举世而誉之而不加劝，举世而非之而不加沮，幽默地笑对困境，然而却决不妥协，朝着远大理想的实现方向迈进，这样的编者，不正与废名所描写的莫须有先生，或者莫须有先生的原型堂吉诃德的形象有几分仿佛吗？"

若要描绘一位学者的精神肖像，我心里一直有个大略的感受，即以为治学的对象、路数时而会影响为文的面目和做人的脾性。比如文献考据一路，由于成文著论之前对付材料的功夫久，最后的结论以简单明确为高，故而文词上多求朴实直白，为人性情上难免就疏狂简傲；而看重义理辨析的学者，需要从平常易得的主要资料中发挥具有穿透力的议论，论述追求曲折铺排，以穷尽其理，于是在为人处事上就不免多疑而反复。这当然是一个泛泛而论的观点，具体到个人，则需要兼顾的问题很多，比如治学与人生关联的离合程度，比如具体学问上受滋养的渊源，等等，但似乎大体可从这两个方面生发开来。对于中国现代文学研究者，翻看（或叫作"摇看"，因为珍贵的资料很多只能摇机器看微缩胶卷）近代报刊去查有用的资料，是个大海捞针的活儿。又多能接触到当事人，更会在纸上证据之外，获得大量可靠或不可靠的回忆信息（比如《废名集·后记》提到对"侵君"的考察）。于纷乱烦琐、互相"搏斗"的研究对象中保持淡泊、超脱、冷静、闲散的姿态，这本身就说明了学力与人格是匹配符合的，用王风自己的话说，即所谓"早已习惯了这首尾不能相顾的生活与事情永远也做不完的感觉"（《废名集·后记》）。要是没有一点儿洒脱的风度，这些忙不完的事务纠结在一起，任谁也会变得枯闷寡欢吧。

从新近结集、即将付梓的王风这部著作来看，篇幅不大的书中包含着近现代中国语言文学研究界的各种核心命题。每个命题中都有中规中矩的论证，也有洒脱冷峻的察见；有对主要文献材料的正统分析，更有若干来自比较生僻的报刊资料中的新发现。像是讨论有关近代文学意义中的多种可能性，讨论学术谱系的考察，知识、学问的视野与趣味，不能从这些话题背后看到几位学术前辈影响的痕迹，而像是从语体、文体上切入研究的态度和立场，还有对文学表达中的掌故、回忆之虚实证据的处理方式，这些都显然属于王风独具只眼的擅场。作为熟悉王风的"后生"，我非常明白这些题旨质朴而论证犀利的一篇篇文章背后，蕴结着近十几年来他在培养学生方面不断与后辈共享命题、提供宝贵意见的良苦用心。文章中精义纷披之处，往往是此后几年硕博论文不断下力的聚焦点。这与某些教授出了题目叫学生去"趟地雷"，最后把得失成果往自家篮子一收，完全是截然相反的品德。何谓"师道"，由此可知。有个趣闻，被王风得意地拿来在酒席间反复说起：青年新锐学者袁一丹东瀛访学载誉归来，扶桑学者盛言王风善为人师，谓此前都知道他是陈平原教授的学生，现在则又知道他是袁一丹同学的老师了。

在越来越强调绩效考核、课题项目的大学校园里，我希望有名士风度的老师永远年轻。

（《上海书评》2015 年 3 月 22 日）

读杨绛

九卷本《杨绛全集》出版以后，我在图书馆里面翻看其中多出来的新内容，印象最深的就是末卷《年谱》中记录 2003年3月间的一大段。《中华读书报》刊载林一安文章，声称将堂吉诃德的瘦马 Rocinante 译作"驽骍难得"是他们老师孟复在1959年《译文》上的发明。杨绛说："见到此文，我十分诧愕"。下文又引他人代为查看《译文》原刊，分明译作"洛稷喃堤"。最后结论是："尽管林文注明了出处（刊物、时间、页码），看似十分中肯，然而不是事实！"

我非常理解这位九十二岁的老人为何这么在乎这个译名的发明权。小时候捧读杨译《堂吉诃德》，自作主张把这个名字念作"驾辛难得"，读音不确，但从上下文也看得明白意思：皮包瘦骨，如今希世难得。好的译本引你进入新的文学世界，就如钱锺书写《林纾的翻译》，说自己十一二岁时把上百册的商务版"林译小说丛书"看了个遍，"才知道西洋小说会那么迷人"。不是故事情节，什么挑战风车之类的，才能够吸引小孩子——那样的话，随便来个简写本就可以打发了。当年最让我念念不忘的，是细致生动的语言，无关结局与下场，却让人觉得好玩不得了。比如，桑丘做了海岛总督，被医师捉弄得吃不上美食而大发雷霆一节，就值得小朋友边大笑边读下来，医师装正经说的什么"多食伤脾，尤忌竹鸡"，我一直都记得很熟。又比如堂吉诃德把羊群看成是两军对垒，捏造出各路兵马及其统帅，向桑丘娓娓道来，以我的感受，也是杨译本读起来最精彩。深通译学的行家会说：翻译首先就是母语的较量。汉语修养功夫不到家，大师杰作译得出吗？后来那些外语学院编西班牙语教材和词典的教授们，或多或少是在熟悉杨绛译本基础上再译此书的。纠正再多个别字句语法的误译，也不过如此。另外，注释中提到古代西方医学中的放血疗法，皮肤上沾了水银会浑身发抖，我童年时读到就印象深刻。翻译经典也是学问，我翻检过钱锺书《容安馆札记》里读《堂吉诃德》英译本的内容，他的很多见解已经暗中为杨绛的译本所吸收（参看《蜗耕集》"钱锺书读《堂吉诃德》"一文），也就是说，对于《堂吉诃德》一书修辞与思想的研究方面，杨译本也代表着中国学术曾经达到的最高水平。那些自命更懂西班牙语的翻译家们，我想请问："诗海"洛佩·德维加近两千部戏剧，卡尔德隆一百九十多部戏剧，翻来翻去怎么就文学史里的那几部呢？还有《塞莱斯蒂娜》，被鼓吹为与《堂吉诃德》齐名，被翻译了四五遍了吧，怎么现在中国老百姓里都没多少人知道它呢？

即便如此，杨绛却说她并不会讲西班牙语，她学西班牙语是为了翻译《堂吉诃德》这部书（后来从原文又重译了《小癞子》）。一位没进过科班的人，把该语种最重要的小说译出来了，还因此被西班牙国王王后接见，后又被授予十字勋章。那些西班牙语教授们怎么想呢？有人讥嘲杨绛爱把这些荣誉挂在嘴上，可杨译《堂吉诃德》再版这么多次，从未把接见王族的照片或是得到的勋章印在书前面吧。年谱中自记与政要显贵的会面，只是数字带过，大可不必注意。唯有对这专门去学一新语言并花二十年功夫翻译的小说，连一个名字的发明权都要用一页多篇幅来说清楚。说到底，后来的有些学院体制中人，也包括时下喜欢以品第甲乙（甚至捏造掌故来诋毁）文化界、学术界名人而吸引民众注目的大小评论家们，根本无法理解杨绛（以及钱锺书）真正在乎什么。

真的读书人，做得到"淡泊名利"毫不稀奇。不过"淡泊"并不意味着自己的思想结晶或痕迹任由他人处理。回顾近三十年杨绛出面较真的事件，诸如"《围城》汇校本"、"《钱锺书评论》第一集"、"《记钱锺书先生》"、"书信手稿拍卖"等等，她最担虑的是未经钱锺书生前认定的文字重新公之于世。其实，这些佚文与信札的内容并无不妥之处，甚至还为钱锺书的形象增色不少。然而，"在收藏家、古董贩和专家学者通力合作的今天"，杨绛对研究者们自行引用、披露这些材料是极为不满的，这在一定程度上造成了钱锺书研究领域在他去世后最关键的时期里搜罗整理散佚文献的困难，虽然与此同时，杨绛审订并授

216

权出版的七十二卷《钱锺书手稿集》有所弥补。我记得程千帆曾向学生说，钱锺书"太要好"了，故而《槐聚诗存》删到那么薄薄一册。"与君皆如风烛草露，宜自定诗集，俾免俗本传讹"，这是《诗存》序引述杨绛所言，可我们今天不仅知道《诗存》缺作品多，年代排定也大多有误，令解诗者一时猜不透本事。因此，虽然想只让自己再三择定的作品版本与篇目传世，但传世也需要研究界的深入理解，后者希望可供参考的资料多多益善，便不能满足于听从著作者（以及家属）的限定要求了。

昨天杨绛逝世的消息传开之后，我惊奇地看到铺天盖地的悼念新闻中夹杂着数不清的"鸡汤文"，硬被说成是出自杨绛之手。尤其所谓"最贤的妻，最才的女"，分明是吴学昭《听杨绛谈往事》里的章节标题，后来因为被某畅销书作家拿来写《杨绛传》而变得妇孺皆知，此时居然成了钱锺书"誉妻癖"下的注册专利。这些假语村言的流传泛滥，与上述的出版界研究界在某些材料上"不得越雷池一步"形成鲜明的对照。我甚至会想，这两者之间会不会也存在着一点因果关系呢？

杨绛显然具有着一种要强、要好、认死理的固执性格，晚年文笔间流露的温和驯顺是她刻意留下的形象。无论自己执笔的《我们仨》，还是他人记述的《谈往事》，能干、机敏、圆熟却又厚道、处处忍气吞声的杨绛总给人深刻的印象。但我依然疑心钱锺书不仅如辛笛所说 uxorious，而更可能 henpecked，他排过古今中西大哲人的"怕老婆"名单，自己叨陪末座也是可以的。读者们如不信，可读读吴学昭记的这段话：

杨先生说："锺书病愈即到南京接受出国培训了。我捱过了十天，就要求回娘家。公婆要小姑子陪我回（因为不可单回门）。小姑子正因公公稀罕我而大发脾气，披散了头发不肯梳辫子。我一路哄，总算编上了辫子才到庙堂巷。妈妈招待了她，还让门房把她送上火车。"

北京生长的大律师千金下嫁给老家乡绅的儿子，这是受了多大的委屈。后来虽然琴瑟和鸣，甚而甘为"灶下婢"，但40年代的上海文坛上，也是杨绛名气大。年富力强之时，家中事情无论巨细都要掌控，在杨绛笔下的钱锺书，"痴气旺盛"，似永远不能自理生活，倒也是幸亏如此才成就了学问事业。然而等到年过九旬，孤独一人"打扫战场"之时，这种强势的性格便成为老人劳心劳神的牵累；可也没准儿正是因为这股子亲力亲为的较真劲头，反而成为她暮年生命里的一个寄托了呢。

杨绛除了翻译《堂吉诃德》、《小癞子》，她从法文翻的《吉尔·布拉斯》是得到傅雷称赞的，虽然她自说法语早就"生小孩儿都忘了"。钱锺书去世后，她又从英译本译出柏拉图讨论死亡与灵魂的对话录《斐多》。六年前，即将迈入百岁之龄的老太太写了一篇文章，仿照其夫君早年的名篇，题作《魔鬼夜访杨绛》，其中让魔鬼悠悠说了一句：

到底你不如你那位去世的丈夫聪明。

回过头去，隔着几十年的时光，《围城》作者带着一丝狡黠的微笑，遣派了笔下一个小男人絮叨地议论：

> 女人有女人特别的聪明，是一种灵慧妙悟，轻盈活泼得跟她的举动一样。比了这种聪明，才学不过是沉淀的渣滓……

（《外滩画报》网络版，2016 年 5 月 26 日）

民国学术批评的源流及其命运

　　由于个人阅读兴趣的缘故，我也习惯去翻看一些西文学术过刊的书评，比如《古典语文学》(*Classical Philology*) 的书评专栏，比如还有《古典学评论》(*The Classical Review*) 这样专门的评论性质的杂志。中世纪文史和文艺复兴时期研究的专门杂志，乃至西方汉学杂志，都往往有重要的书评栏目。布林茅尔学院 (Bryn Mawr College) 在网上办了一个古典学书评的邮件组，订阅后就会每天给你发全球学者关于几种主要的西方语言写成的古典学著作书评。这些书评往往都有很重要的参考意义，是一个相对公正的评价依据。前不久，我才收到一封信函，说是突然发现某个书评人和所评书籍的主编有着明显深厚的专业关系 (professional relationship)，于是宣布此书评不予发表，并重申了他们在出版道德 (publication ethics) 方面的至高标准。

　　这让我想到，我们中文学界的书评现在还很不足，主要一点是，写书评的人很多都是捧臭脚的门人弟子，否则也是沾亲带故的朋友。因此，我很好奇，我们很多学者为何总是惧怕、厌恶别人的批评？如果说出版社编辑会不满，显然是觉得挡了财路。但是学者往往靠稿费，销量并不必在意。别人指出你的问题，其实对自己也是有帮助的，难道不说问题就不存在了吗。顾炎武所谓"独学无友，则孤陋而难成"，至现代传媒兴起后，权威独尊的作者是根本不存在的，书评使得成书的著作可以进一步完整，形成某种对话。更何况，文本一旦问世，即与作者本人失去关系，作者哪能像父母护孩子一样不准别人议论这个书呢？

我想考察一下，在中国近现代社会，报刊等大众传媒问世，现代印刷业兴起，大学建立，知识分子职业化，这些条件具备之后，我们的学术批评曾经有什么样的作为？后来又发生了什么变化。时间关系，在此只能简单地列举一些现象，并做一些评述，也许论证逻辑还不够准确，部分例证有些片面，希望得到大家的批评指教。

清末杂志如《国学丛刊》所谓"书平"栏目里的文章，题目上往往写作"序"或是"叙"。序跋会附着在所评书籍上一同刊布，故有些内容可不必介绍。旧学人物都顾及面子，不肯真讲批评的话，当然也可以婉转表达一下自己的意思。如果是批评性的书评文章，和书籍一起出的，倒是类似解放后所谓供批判的毒草书籍上附带的序跋有此性质。中国并非古来没有学术批评的传统。比如"书后"这一文体，有点儿区别于序跋，序跋多少是替作者道其苦衷的意思，乃吕祖谦所说的"随事以序其实"（陈澧在《东塾读书记》卷二十一曾提出朱子晚年尊重东坡的观点，钱锺书考察说，依据不过是朱熹文集中的题跋，所谓"夫题跋东坡遗墨，断无上门骂人之理"。题跋和序跋不太一样，但这里应该是一类文体。可见吕祖谦所说的实，也只能是台面上的客套话，不能真的实话实说的。补：实际上朱子语类中另有证据，可见朱熹对苏轼的义理之学有称赞处，那更有说服力。这里钱锺书只是指出陈澧的引证有问题。）；书后用姚华在《论文后编》里形容的，是"意必抽于前文，事必引于原著"，是更贴近文本的。晚清人的集部里面有很明显带有批评原书学问意味的书后体文章，比如陈澧《东塾集》卷二"书《海国图志》后呈张南山先生"，指出《海国图志》的若干问题；还有如刘师培《左盦集》卷八"读《全唐诗》书后"的上下两篇，好像应该是第一篇对《全唐诗》整体的编纂问题进行归纳总结的文章。陈、刘文集的书后这类文章都类似书评，其风格体式与今天我们习见的书评写法很接近。类似的文章比较著名的，还有何启、胡礼垣的"《劝学篇》书后"、梁启超的"读《日本书目志》书后"，等等。当然唐宋以来学者也有许多其他的学术批评方式，比如书札、日记、笔记、诗文、评点、注疏等，甚至还包括了小说戏曲。清代人像叶燮《汪文摘谬》，对于汪琬的文章选九篇逐一批评，其价值不下于《原诗》；钱谦益的《列朝诗集》、黄宗羲的《明文授读》，也都在按语中有不少批评学问的内容，当然这些批评大多并非针对于专书而发。

依照桑兵在《近代中国学术批评》前言所说的意思，中国现代学术批评中的书评是和欧美汉学有直接关联的，他举出一前一后即伯希和与杨联陞两位"学术警察"的例子。此外日本学者对中国学者的书评也有示范作用。我觉得民国以来的书评也受到传统述学文风的影响，包括序跋和书后两体。但桑兵先生的意思是说，书评形成气候，变成一种公开发表不同意见的学术批评方式，当是受到海外学者的影响才开始的。胡适写了一些书评，位数不算多，有人编他的《书评序跋集》其实是以序跋为主，他主张书评不应以批评为主，1926 年在《现代评论》发表《介绍几部新出的史学书》，开篇就说：

> 近来杂志上的"书评"，似乎偏向指摘谬误的方面，很少从积极的方面介绍新书的。

照胡适的说法，战前中国学界的图书评论，就往往等同于指摘谬误，这被他看作是不积极的。其实我们要记得梁启超当年批评他的《中国哲学史大纲》，发表了还要去公开演讲，胡适私下责怪其不通人情。说起来梁任公倒是在这一点上比胡适更激进。他在书评中说：批评不等于介绍，介绍讲出好处和要点就够了。批评，则要对原书别有贡献，胡适的书好处大家都看到了，因此我只说欠缺的或不对的。今天我们看来，梁启超的说法更有价值。因为书评的主要功能就该是批评，而非出版社媒体做的广告，那只管一味吹嘘、过度褒扬；或是熟人师友的赞誉及谈其背景，其实应该归于序跋一体中。还有人读书记录其中的要点、新材料、新观点，这其实是札记的功能，如果公开发表，其实类似于图书信息的通讯报道。还有的是封面党，没看内容，就发一番感慨议论，那更是书话或是随笔散文了。书评当然也可以写以上这些内容，但主要还是应该做一些批评。梁任公身体力行，他自己就有这种接受批评的气度。张荫麟读书时为梁启超给胡适写的书评作反书评，质疑其"老子生后孔子百馀年之说"，梁启超对此非常赞赏，"吾辈当善加辅导，俾使成史学界之宝"。张荫麟年轻时写了不少书评，他出国前还有"评郭沫若译《浮士德》上部"一篇，列举译文的种种错误（说郭译无页无之，全列出来篇幅要超过原书）。郭沫若显然没有梁启超的风度，他以没有心情为由，过了近二十年才译了《浮士德》下卷。

萧乾在1935年出版了一本题为《书评研究》的小册子。其中引美国图书馆学家的话，谓书评大抵可分为四种：其一就是学者专家写的书评，这种书评很专业，但也易于有派系门户之见，喜欢吹毛求疵，不顾全局。另外三种，还有欣赏、谩骂和报纸上的趣味书评（旨在追求热闹，而不重批评基础）。他认为现在这四种书评都在中国萌芽成长了。萧乾当时在《大公报·文艺副刊》和《国闻周报》先后出任编辑，这两个刊物都有书评专栏。因此他颇为注意书评这个文类，小册子后面有一节"理想的书评"，摘录了很多英美杂志的书评栏目编辑的要求，一共十七条，然后他总结为：不说废话，不说空话，文字不能笨拙，但俏皮华丽了也等于是空话。我很注意学术著述的文学才能，我想萧乾这里对于一种比较广泛意义上的书评的要求，其实也可以拿来作为对于学术书评的要求。

1937年初有个书评杂志《书人》创刊，第一、二号有三位学者著文专门谈他们对书评的看法。吴世昌的《中国目前需要书评》、朱光潜的《谈书评》、王力的《做书评应有的态度》。朱光潜主要谈的是文艺批评，我们在此不谈；吴世昌主要谈的是学术书评，他的意思是学术思想的盛衰系乎国运，书评虽非显学，却是切实有意义的工作。为什么呢，他说当下图书出版最大的问题就是抄袭，而名流学者喜欢对中国人讲西学、对外国人讲汉学，犯了虚浮的毛病，严肃的书评可以对此进行抨击和纠正。吴世昌还说中国人有乡愿的老毛病，提倡严格的批评，可以减少人情的毒害。王力虽然认为书评不一定要给对方挑错，但他主要谈的其实都是那种会得罪人的书评，因此开篇说：一个人读了书有意见可以发表，"又何必学那些'阅世深、趋避熟'的人们，只顾'独善其身'呢？"后文他区分书评有对人对事两个方面，比如对人，他提出要署真名、不避名望高低和交情深浅，有一点很重要，他说"曾经批评过你的人，尤其是曾经以不正当态度批评过你的人，他的作品你不必批评"，我读此言深有感触，觉得今天很多学者都没有王先生的这个见地高明。对事他谈了六点，我觉得值得一提是第一点，"没有价值的书有时也可批评"，因为这种书有时会博得广大读者，因此要指出其错误，"以正天下之视听"。前几年，高山杉和刘铮几位的书评时常见报，就有学者抱怨说晚上睡不好觉，梦见高、刘诸公写他们了。我想就是这个道理。王力还谈到书评不要使用讽刺挖苦的语气和反诘修辞，这都是认为有刻薄为文的确定，影响到他所提倡的"质而寡文"的境界。这也可供今天我们来参考。刻薄狭促的讽刺讥嘲之批评也并非完全要否定掉。这要看批评者的出发点为何。假如目的是为了抬高自己，有名利可图，自然是为人所不齿。但是假如并无功利上的追求，造一些"精致典雅的淘气话"，那倒是痴气旺盛的表现。

　　战后书评杂志和学术书评的恢复，除了桑兵提到的杨联陞在史学评论方面的贡献外，还有一些别的线索。比如钱锺书在1946至1948年间出任南京中央图书馆英文馆刊《书林季刊》的编辑。图书馆馆刊发表书评是民国这类刊物常见的事情，这里特别之处是他写了四篇英文书评，评论英法文的汉学著作。批评西方汉学家的失察和误判，可以说是把杨联陞所谓的"汉学警察"在中国设立了个分局。钱锺书写过的书评也有不少，范旭仑先生曾对《中法汉学研究所图书馆馆刊》中的钱锺书未署名书评加以稽考，光这一个刊物就至少有二十篇（《钱文二十首》）。他读书时批评过周作人的《中国新文学的源流》和沈启无的《近代散文钞》，这里面按照张丽华的研究，几乎就是钱锺书平生论文学史的核心出发点。周作人后来在别的文章里不动声色地有所回敬，但其实已经是败下阵来的。（毕树棠《螺君日记》1932年12月5日："晚间钱锺书君来访，议论风生，多真知灼见。论文学史，分'重要'与'美'两种看法，二者往往为文学史作者所缠夹不清，其说极是。"按此即钱锺书所批评周作人之关键。可见其《论复古》（上篇）所提的问题："文学进化"是否就等于"事实进化"？）但是默存先生后来就也不再直接发言，我们对照他1958年公开发表的钱仲联《韩昌黎诗系年集释》书评和他札记中对钱萼孙学问的讥嘲，就可知一二，在此不必多说。

民国时代很多著名学者的书评，都力图追求切实直率的文风。像水天同1935年批评茅盾书中对但丁《神曲》的介绍、罗念生评郑振铎译《希腊神话》，像李长之评张君劢《民族复兴之学术基础》，像穆士达、马玉铭等人批评钱基博《现代中国文学史》，还有像冯承钧评张星烺《中西交通史料汇编》以及张的反书评，我们都可从中看到学者求真的尊严。这种学术风气，倒是在20世纪50年代以后有些变化，我不是说民国时代的书评都是如此，到了新中国便都不是如此。而是说，不同功能和态度的书评都还存在，但是存在的方式有了些不同。我们举出几个例子来：

1951年傅雷写给宋淇的信中说，钱锺书告诉他，燕京有一狂生（吴兴华？）给蒋天佐译狄更斯《匹克威克外传》校出三千多条错误，写成稿纸四百页寄《翻译通报》，以"态度不好"退回。为什么是"态度不好"？后来蒋天佐这译本在1961年出了修订版，后记说得到钱锺书的屡次指教。这当然是态度好了。蒋天佐在50年代初是上海文化界党总支书记，公开逐条批评他，当时是态度不好了。

而另外一种情况，这种态度不好的书评又被得到鼓励。李学勤在1957年《考古学报》发表"评陈梦家《殷墟卜辞综述》";曹道衡在1958年的《文学研究》发表"对《宋代诗人短论十篇》的意见",即是对钱锺书《宋诗选注》抽样本的批评,这都是青年学者拔白旗的典范。李、曹两位晚年各生悔意,前者我们可从何伟的小说《甲骨文》中看到,后者可由曹老爷子文集不收此文而知。还有邓之诚的例子。我们看他1959年的日记,说日本"小鬼"批他的《东京梦华录注》,耿耿于怀,半年后去世。入矢义高的言辞非常激烈,但这时候就不顾其"态度不好",反而要译成中文,在《古籍整理出版动态》上发表了。后来邓之诚日记又记于《光明日报》上看见邓广铭等人批评他的文章,就袭用日本人的语句,"盖赏其能骂我也"。

　　学者的尊严,不应受到体制的限制和拘束。学术成果除了规定的那些标准之外,学术著述有很多周边的衍生物,日记、书信、注疏、翻译、题跋、笔记、札记、掌故、随笔,还有书评。在政治空气紧张的时代,学术批评被放在人民内部矛盾问题的处理上,自然不主张针锋相对;但在批判树立的标靶时,激烈的书评就成为了一种利器。这种批评模式在今天看似早已消泯,其实往往仍被保存为一种敌我对立的思维。如果我们谈理想的学术批评环境,当然希望书评者秉持公心,抱着如梁任公所说为原著做贡献的目的,来匡正指摘;被批评的作者也应当有气量接受非议甚至不够善意的讽刺。实际上我们发现虽名曰现代学术,但在中国依然往往还是以人情、地位等外在因素为主导。民国时代虽有很好的学者书评作为示范,但仅此是不够的，只要学者的求真思想、信念和人格还未健全，学术体制自身所应有的、不是外来权力制定的那些规则和尊严还未建立，我们随时还会倒退回起点去。

（发言稿，厦门大学人文学院青年学术沙龙第十六期，"书评：现代学术的批评自觉"，2014 年 6 月 24 日）

图书在版编目（CIP）数据

蚁占集 / 张治著 . — 杭州：浙江大学出版社，
2017.7
　（六合丛书）
　ISBN 978-7-308-16816-8

　Ⅰ.①蚁… Ⅱ.①张… Ⅲ.①散文集—中国—当代
Ⅳ.①I267

中国版本图书馆CIP数据核字（2017）第075703号

蚁占集

张治 著

策　划	周　运	
责任编辑	王志毅	
出版发行	**浙江大学出版社**	
	（杭州天目山路148号 邮政编码310007）	
	（网址：http://www.zjupress.com）	
制　作	北京大观世纪文化传媒有限公司	
印　刷	北京中科印刷有限公司	
开　本	880mm×1230mm　1/32	
印　张	7.5	
字　数	138千	
版 印 次	2017年7月第1版　2017年7月第1次印刷	
书　号	ISBN 978-7-308-16816-8	
定　价	36.00元	